오리는 잘못이 없다

健齋漢詩集

건재 한시집

오리는 잘못이 없다

임도현 지음

學古房

서문

　2011년부터 지금까지 지은 한시를 정리하여 모았다. 대부분 자하시사紫霞詩社에서 지은 것이다. 자하시사는 원래 서울대 중문과 교수인 이영주 선생님이 주관하신 한시 창작 모임인데 몇 년 동안 왕성하게 활동하다가 사원들의 개인사정으로 잠시 중단하였다. 그러던 중 2011년 가을에 강사와 학생들을 모집하여 새로 시사를 출범하게 되었다. 당시 나는 이영주 선생님의 박사과정 지도학생으로 모임에 참석하게 되었고 매달 시제에 따라 한시를 짓게 되었다.

　원래 공학을 전공하였고 다년간 기업체 연구소에서 근무를 하였다. 애초부터 문학적 감수성이란 찾아볼 수 없는 내가 중문학을 공부하겠다고 다시 대학에 들어왔고 대학원에서는 당시를 연구하게 되었다. 이런 것만으로도 본성에 어긋난 일을 하고 있다고 여겼는데, 시를 짓게 되었고 그것도 한문으로 지었으니, 내 마음이 여간 불편한 게 아니었다.

한시를 제대로 연구하기 위해서는 한시를 지어봐야 한다는 지도교수님의 가르침에 따라 평측을 적은 표를 옆에 놓고 사전을 이리저리 찾으며 한시를 짓기 시작했다. 물론 잘 될 리가 없었다. 시를 짓다보면 원래의 생각과는 엉뚱하게 시상이 전개되기 일쑤였다. 그러나 가장 큰 문제는 메마른 감수성이었다. 아름다운 것을 봐도 아름다움을 표현할 능력이 없었기에 내가 지은 시는 그냥 무미건조한 산문에 불과했다. "오리나 잡아먹어야겠다.", "살이 쪘기에 지방을 태우려 달리기를 한다." 이런 식의 표현을 그대로 한시에 옮겨 놓았으니, 매번 시회에서 내 시에 대한 사원들의 비웃음은 빠지지가 않았다.

해를 거듭해도 나의 감수성은 변함이 없었고 창작 능력도 그대로여서, 이러한 평담한 묘사, 일상적인 소재, 현대어의 구사 등이 결국 내가 지은 한시의 특징이 되어버렸다. 독자의 감흥을 그다지 불러일으키지 않는 그야말로 평범한 한시일 뿐이었다. 그래도 내가 매달 한 수 씩 꼬박꼬박 지었던 것은 무엇 때문일까?

우선은 선생님의 말씀대로 한시 연구에 도움이 되었기 때문이다. 창작을 통해 한시를 분석하는 힘이 커졌음을 실감했다. 한시 작가가 특별히 염두에 둔 표현과 어쩔 수 없이 사용한 표현을 구분할 수 있게 되었고, 시상의 흐름을 잘 파악할 수 있게 되었다.

둘째로는 재미였다. 매번 시를 지으려하면 시상이 떠오르지 않아 며칠간을 고민하게 되지만 막상 한자를 사용해서 글자를 채워 넣기 시작하면 시간 가는 줄을 몰랐다. 어쩌면 평측과 대구를 맞춰야 하는 것이 수학공식에 끼워 맞추며 논리를 추구하는 이과적 사고와 비슷했기 때문일지도 모르겠다. 이리저리 표현을 바꿔가며 한 편의 시를 완성하면 그 뿌듯함은 기대 이상이었다.

세 번째는 내 마음의 표현이다. 어설픈 음풍농월과 얍삽한 무병신음으로 진정한 내 뜻이 실리지 않은 시도 있긴 하지만, 그래도 대부분은 내가 직접 보고 겪으면서 느낀 생각들을 진솔하게 써 낸 것이다. 형식적으로 의례히 표현한 부분도 결국 내 무의식의 발로일 수도 있겠다. 평소 내 생각을 글로 펴낼 기회가 없었기에 한시 창작을 통해서나마 그 생각을 외화시켜서 남들에게 보여준다는 것이 그다지 나쁘게 생각되지는 않았다.

그렇게 한 수 한 수 쌓인 것이 백 편이 넘었다. 그 중 영이상한 것을 버리니 90수 남짓이다. 내용도 허접하고 아무런 감동도 주지 못하는 내 한시를 책으로 엮어서 펴낸다는 생각을 하게 된 것은 무모한 일이고 파렴치한 짓이다. 그럼에도 불구하고 과감하게 결정한 것은 한시의 현재화와 대중화를 위해서이다. 지금까지 중국 한시를 연구하면서 많은 사람의 신세를 졌다. 그분들의 은혜에 보답하는 방법은 내가 배운 것을 사회에 다시 환원하는 일이라고 생각한다. 이에 나는 내가 연구하며 배운 한시를 좀 더 쉽게 사람들에게 소개하는 일을 하고자 한다. 그리고 내가 좋아하는 한시를 많은 사람들이 좋아했으면 하는 바람이 있다.

몇 년 전에 서울시에서 주최한 과거시험재현행사에 참석한 적이 있다. 고궁의 넓은 마당에 도포를 입고 유건을 쓰고 줄지어 앉아서 정해진 주제와 운자에 맞춰 한시를 지었다. 당시 자하시사 사원들 몇몇이 함께 참석하였다. 한시를 고즈넉한 고궁에서 지은 것이 운치 있는 일이도 했지만, 대부분이 7,80대인 참석자들 가운데 3,40대의 젊은이들이 끼어있는 것이 자못 사람들의 눈길을 끌었다. 젊은 사람이 한시를 창작한다는 것이 보기 드문 일이기 때문일 것이다.

요즘 여러 매체를 통해 한시가 그나마 대중적으로 많이 알려져 있지만, 한시 창작은 옛 사람들의 유물로 생각하는 경향이 많다. 나도 예전에는 그렇게 생각했다. 하지만 한시의 창작은 현재진행형이다. 한시 창작을 통해 한시의 멋을 더 잘 이해할 수 있고 그 감흥을 체험할 수 있다. 현대의 한국 젊은이들이 아직도 한시를 창작하고 있음을 다른 사람들에게 알리고 싶다.

내 시집이 오히려 이러한 바람에 역효과를 불러일으킬지도 모르겠다. 그렇다고 해서 그것이 내 시에 나온 '오리'나 '지방질 몸'의 잘못은 아니다. 오롯이 문학적 감수성이 떨어지는 나의 잘못이다. 그렇지만 부디 독자들은 한시의 대중화와 현재화라는 나의 조그만 바람을 이해해주길 바란다. 근래 학교 연못에 오리 한 쌍을 풀어놓았다. 매일 같이 그 오리를 보며 많은 애착이 생겼다. 난 그 오리들이 오래도록 행복하게 살기를 바란다. 오리에겐 잘못이 없다. 잘못은 모두 나에게 있다.

이러한 무미건조한 시가 그래도 지어질 수 있게 가르쳐주신 이영주 선생님과 여러 선생님들께 감사의 말씀을 드리고, 같이 시를 짓고 평을 하고 수정을 해주신 여러 사원들에게 고개를 숙여 경의를 표한다. 그리고 그다지 팔리지도 않을 시집을 출간하기로 결정하신 학고방 사장님과 책을 보기 좋게 만들어주신 편집부 직원들에게도 감사의 인사를 전한다.

2019년 4월 10일
건재健齋 임도현

차례

12

16

天 하늘

寒衣 한의

朔風颯颯酷寒騰	삭풍삽삽혹한등
縮項多衣不禁凌	축항다의불금릉
顧看冒風凋落木	고간모풍조락목
吾捐何物可堪承	오연하물가감승

(2019년 1월 31일)

겨울옷

겨울바람 쏴아아
된추위 기승인데
웅크린 목 겹친 옷
이기질 못하누나.
주위엔 찬바람 속
벌거벗은 나무들
난 무얼 버려야만
받아들일 수 있나?

夏至 하지

駕日初更尙縣梢	가일초경상현초
一陽漸盛最高敲	일양점성최고고
承興萬物加生氣	승흥만물가생기
半老單身探酒肴	반로단신탐주효

(2018년 6월 21일)

하지

태양을 몰아 7시가 되어도
아직 나무 끝에 걸려있으니
하나의 양기가 왕성해져서
가장 높은 곳에서 두드린다.

흥이 나는 만물은
생기를 더해 가지만
반쯤 늙은 홀몸은
술과 안주를 찾는다.

浣溪沙 - 熱帶夜 완계사 - 열대야

炎日斜輝還似燒   염일사휘환사소

解衣搖扇熱難消   해의요선열난소

不眠恍惚只通宵   불면황홀지통소

濯足爽涼看影片   탁족상량간영편

吹風豁達想松濤   취풍활달상송도

百方盡力總徒勞   백방진력총도로

(2018년 7월 26일)

완계사 - 열대야

뜨거운 태양 기울어져도
여전히 타는 듯하고,
옷을 벗은 채 부채질해도
더위가 가시질 않아,
잠 못 들고 흐리멍덩한 채
그저 밤을 새우누나.

발을 씻고 시원하게
영화를 보기도 하고,
바람 부는 탁 트인 곳
소나무 물결 그려도,
온갖방법 힘 썼지만
모두 다 헛수고구나.

朔風 삭풍

北風肅肅怕衝門　　북풍숙숙파충문
寒氣凜凜索負暄　　한기름름색부훤
正喜霧霾淸掃地　　정희무애청소지
不堪出戶獨傾樽　　불감출호독경준

(2018년 1월 26일)

겨울바람

겨울바람 휘이익
문에 부딪혀 두렵고
찬 기운 매서워
햇볕 쬘 곳 찾아본다.

뿌연 먼지 말끔하다고
마침 좋아라 했건만
문 밖에 나가지 못하고
홀로 잔을 기울인다.

送年感懷 송년감회

飛矢光陰萬事紛　비시광음만사분
忽忽來去染埃氛　총총래거염애분
一杯快飲心身爽　일배쾌음심신상
但願明年滿樂欣　단원명년만락흔

(2017년 12월 20일)

송년 감회

쏜살같은 세월 속에서
온갖 일들이 많았으니
총총거리며 왔다갔다
먼지 속에 더럽혀졌지.

한 잔 술 시원하게 마시면
몸과 마음 상쾌해지리니
그저 내년에 바라는 것은
즐거운 일만 가득하기를.

除夕遣興 제석견흥

空房坐寂寞　　공방좌적막
傾盞却難醺　　경잔각난훈
往事誠如夢　　왕사성여몽
鐘聲隱隱聞　　종성은은문

(2017년 12월 31일)

섣달 그믐날 밤 흥을 풀다

아무도 없는 빈방
조용히 앉아
잔을 기울이지만
취하질 않네.

지난 일들은
진정 꿈만 같은데
제야 종소리
은은하게 들리네.

夏日卽事 하일즉사

炎日幽房裏	염일유방리
看書暫執壺	간서잠집호
悠閑又寂寞	유한우적막
空恨伴流無	공한반류무

(2017년 7월 28일)

여름날 그냥 쓰다

불타는 태양
한적한 방 안
책장 넘겨 보다가
잠시 술병을 쥐네.

한가롭지만
또 적막하니
공연히 한탄하는 건
같이 할 이 없는 것.

丁酉五月有感 정유오월유감

季春何事好	계춘하사호
美景昔時非	미경석시비
咳嗽微塵滿	해소미진만
嚔噴雜粉飛	체분잡분비
和風久減勢	화풍구감세
暴日已加暉	포일이가휘
統領新倫理	통령신륜리
民心願不違	민심원불위

(2017년 5월 26일)

정유년 오월에 느낀 바가 있어

늦봄 뭐가 좋은가?
아름다운 경관은 옛날만큼 아니니,
미세먼지 가득해 기침하고
갖가지 가루 날려 재채기해서이지.

온화한 바람은
오래전에 기세를 잃었고
난포한 태양이
이미 더욱 빛나는데,
대통령은 다스림 새롭게 하여
민심을 어기지 않기를 바란다.

冬至懶起 동지나기

白天終最短	백천종최단
群物總頹衰	군물총퇴쇠
跼蹐臥居處	국척와거처
幽深思索時	유심사색시
明朝陽聳出	명조양용출
新歲氣平施	신세기평시
萬事隨從好	만사수종호
遲遲得意期	지지득의기

(2016년 12월 22일)

동짓날 천천히 일어나다

밝은 날이 끝내 가장 짧아지니
뭇 사물들 모두 쇠락하였구나.
꼼작 않고 웅크린 채 누워서는
골똘하게 깊은 사색에 잠긴다.

내일 아침 태양이 솟아오르면
새해에 기운이 고루 펼쳐지리.
모든일이 이제 좋아질 터이니
느릿느릿 득의할 수 있으리라.

冬至 동지

軒龍歸早息　　헌룡귀조식
寒夜最深時　　한야최심시
加策羲和始　　가책희화시
陽春不遠離　　양춘불원리

(2012년 12월 23일)

동지

태양을 끄는 용이
돌아가 일찍 쉬고
차가운 밤이
가장 깊은 때.

희화가 채찍질을 시작하니
따뜻한 봄도 멀지 않았구나.

春掃 춘소

東風和暖戶窓開　　동풍화난호창개
掃地齊書擦案埃　　소지제서찰안애
雜念空同飛散滅　　잡념공동비산멸
心身瀟灑迓春來　　심신소쇄아춘래

(2011년 4월 5일)

봄 청소

동풍이 따뜻하여
창문을 열어놓고
바닥 쓸고 책 정리
책상 먼지를 닦네.

잡념이 남김없이
날아가 없어져서
심신이 상쾌하니
새봄을 맞이하네.

孟夏避熱校內山麓散步有感

맹하피열교내산록산보유감

溪水潺湲百鳥鳴   계수잔원백조명

樹陰爽快自身輕   수음상쾌자신경

隨時咫尺開仙景   수시지척개선경

何必恒纏苦熱生   하필항전고열생

(2016년 5월 27일)

초여름 더위를 피해 교내 산비탈을 거닐다가 생각을 적다

계곡물 졸졸 흐르고
온갖 새들 노래하며
나무 그늘 시원하여
절로 몸이 가볍구나.

아무 때나 가까운 곳
선경이 펼쳐 있는데
괴롭고 무더운 삶에
뭣 하러 항상 매였나?

春暉 춘휘

到底春何在   도저춘하재
風寒却冷多   풍한각랭다
南行慈母省   남행자모성
處處感溫和   처처감온화

(2011년 3월 25일)

봄 햇살

도대체 봄은
어디 있는가?
바람 차가워
되레 더 춥다.

남쪽으로
어머니 뵈러 가는 길
곳곳에서
느끼는 온화한 기운.

炎夏路中避雨 염하로중피우

濃雲忽滴雨　　농운홀적우

急走避檐隅　　급주피첨우

路上蒸烟發　　로상증연발

凝塵便遠輸　　응진편원수

心中歊熱散　　심중효열산

雜念乃淸無　　잡념내청무

山麓晴加綠　　산록청가록

輕身爽快驅　　경신상쾌구

(2016년 8월 26일)

더운 여름날 길에서 비를 피하다

짙은 구름 갑자기 내린 빗방울
급히 달려 피해간 처마 모퉁이.

도로 위의 증기
안개로 피어나
엉겨있던 먼지
멀찍이 씻기니,
뜨겁던 가슴 속
열기가 흩어져
잡다하던 사념
맑게 없어지네.

비 개이자 더욱 푸르른 산비탈
상쾌하게 달려가는 가벼운 몸.

避暑 피서

四季宜時變	사계의시변
蒸炎豈有尤	증염기유우
開窓通爽谷	개창통상곡
搖扇想淸流	요선상청류
飮酒三杯樂	음주삼배락
藉書萬里遊	자서만리유
閑居少辦事	한거소판사
只待快凉秋	지대쾌량추

(2016년 7월 29일)

더위를 피하다

사계절은 응당
때에 맞춰 변하는 법
찌는 더위에게
어찌 허물이 있으랴.

창문 열어서
시원한 계곡과 통하고
부채 흔들며
맑은 물가를 생각한다.
술을 마시니
세 잔에 즐겁고
책을 펼치니
만 리를 노닌다.

한가롭게 지내며
일은 적게 하면서
시원한 가을 오길
그저 기다려본다.

熱帶夜 열대야

白日炎天盛	백일염천성
夜來氣未摧	야래기미최
銜杯電扇動	함배전선동
濯足戶門開	탁족호문개
醉鬼猶增熱	취귀유증열
毒蚊更劇豗	독문갱극회
欲眠終不得	욕면종부득
昏憹苦徘徊	혼몽고배회

(2014년 8월 1일)

열대야

흰 태양이 뜨거운 하늘에서 왕성해
밤이 되어도 그 기운 꺾이질 않네.

술잔 물고 선풍기 틀어놓고는
발 씻고 문을 열어 놓았지만,
술 귀신은 도리어 열기를 더하고
독한 모기는 더 극성스레 시끄럽네.

자려다 끝내 잠들지 못하고
흐리멍덩 고달피 배회하네.

過節 과절

過節眞寂寞	과절진적막
連天守空房	련천수공방
平明開電視	평명개전시
深夜入單床	심야입단상
先考歸天國	선고귀천국
同根在奧疆	동근재오강
團圓固不期	단원고불기
可惜孤慈堂	가석고자당

(2011년 9월 14일)

명절을 보내며

명절 쇠기 정말 심심하니
매일같이 빈방을 지키며,
아침부터 텔레비전 켜고
깊은 밤 홀로 침상에 든다.
아버지는 천국으로 가셨고
형은 머나먼 타국에 있기에,
단란한 모임 진정 기대할 수 없고
외로운 어머니가 더욱 안타깝구나.

探春忽覺臨迫開講 탐춘홀각임박개강

顓頊凶强冷氣添 전욱흉강랭기첨

伊祁銷沈縮身潛 이기소침축신잠

立春已過遲驚蟄 입춘이과지경칩

總不期望蘂發占 총불기망예발점

黃柳飄飄稍映井 황류표표초영정

綠梅鑠鑠忽暉檐 록매삭삭홀휘첨

深探恍惚看虛影 심탐황홀간허영

烹鴨煎鷄補弱纖 팽압전계보약섬

(2016년 2월 26일)

봄을 찾다가 문득 개강이 임박했음을 깨닫고

겨울의 신 전욱이
맹렬하게 냉기를 더하니
봄의 신 이기는
소침하여 웅크리고 있구나.

입춘은 이미 지나고
경칩을 기다리는데
도무지 꽃 필 기미를
기대하기 어렵구나.

황금빛 버들이 하늘하늘
언뜻 우물에 비치더니
푸른빛 매화가 반짝반짝
홀연 처마에 빛나구나.

골똘하게 봄을 찾다가
흐리멍덩 헛것이 뵈니
오리를 삶고 닭을 튀겨
허약한 몸 보신 하리라.

早秋 조추

驕陽威力臥關局	교양위력와관경
爽氣吹來步晚庭	상기취래보만정
黃菊階前微馥嗅	황국계전미복후
寒蛩堂下細吟聽	한공당하세음청
今看一葉飄叢木	금간일엽표총목
旋感半氷結冷甁	선감반빙결랭병
隱几觀天歎遷改	은궤관천탄천개
欲銜不肯暫杯停	욕함불긍잠배정

(2015년 10월 1일)

≪회남자淮南子≫에 "작은 것으로 큰 것을 밝힐 수 있으니, 이파리 하나 떨어지는 것을 보고 한 해가 장차 저물 것을 알고, 병 속의 얼음을 보고는 천하가 추워질 것을 안다.(以小明大, 見一葉落而 知歲之將暮, 睹甁中之氷而知天下之寒.)"라는 말이 있다. 어느새 무더웠던 여름이 지나가고 가을의 기미가 보이기 시작한다. 아무 리 위세가 대단해도 세월 앞에서는 어찌할 수가 없나보다.

초가을

맹렬한 태양 위력에
대문 닫고 누웠다가
시원한 바람 불어와
저녁 정원을 거니네.
계단 앞에 누런 국화
은은한 향기 맡는데
마루 아래 귀뚜라미
가녀린 소리 들린다.

덤불에서 떨어지는
한 나뭇잎 지금 보니
차가운 병 맺혀있는
절반 얼음 곧 느끼리.

책상에 기대 하늘 보다가
만물 변하는 것에 느꺼워
술잔 물려다
잠시 멈추네.

熱帶夜求眠 열대야구면

暴熱蒸悶一間家 포열증민일간가
不眠半夜坐朧呀 불면반야좌롱하
空調起動凝塵拂 공조기동응진불
冷氣渾身厚被加 랭기혼신후피가

(2015년 7월 23일)

本來無感熱, 只有一扇過夏, 總不知空調是何物. 然上京以後, 居在一間房, 房內有氷箱機, 不勝其發熱, 夜半不能熟眠. 電扇又是無用之物. 一天, 看壁上有空調機, 起動以後熟眠. 次日點檢電氣計量器, 只上昇一二刻. 喜其電力費用甚小. 後每不勝熱氣之時起動空調取熟眠矣.

본래 무더위를 느끼지 않았기에 그저 부채 한 자루로 여름을 보내면서 에어컨이란 게 뭔지 모르고 살았다. 하지만 서울에 온 이후로 원룸에 살게 되었는데, 방안에 있는 냉장고에서 나는 열을 이길 수가 없어서 한밤중에 잠을 자지 못했다. 선풍기를 틀어도 소용이 없었다. 하루는 벽에 에어컨이 있는 것을 보고는 틀고 나서 숙면을 취했다. 다음날 전기계량기를 보니 1, 2 kwh만 올라가 있었다. 전기 소비량이 매우 적음을 알고는 기뻐하였으며, 이후로 매번 열기를 이기지 못할 때는 에어컨을 틀고 잠을 자게 되었다.

열대야에 잠을 청하다

찌는 듯한 무더위로
후텁지근한 단칸방
한밤중에 잠 못 들고
입을 벌리고 앉았다.

엉긴 먼지 털어내고
에어컨을 틀었는데
온 몸에 냉기 들어
두꺼운 이불 덮는다.

待雨不下 대우불하

羲和驅久暴	희화구구포
旱魃步頻多	한발보빈다
草卷無生氣	초권무생기
實枯有死痾	실고유사아
閑人哀鬱悒	한인애울읍
農者苦磋磨	농자고차마
混世天難感	혼세천난감
何期大雨沱	하기대우타

(2015년 6월 25일)

비를 기다려도 내리지 않다

희화가 오래도록 난폭하게 달려
한발의 걸음걸이가 많이 잦으니,
풀잎은 말려 생기를 잃었고
열매는 말라 죽을병 걸렸다.
할 일 없는 사람도
울적하며 애달파하는데
농부들의 마음은
근심하며 괴로워하겠지.
혼란한 세상이라
하늘이 감동하기 어려워
어찌 기대할 수 있겠는가?
큰 비 주룩주룩 내리기를.

元日在浦項與諸從兄弟歡談憶陜川故鄕 원일재포항여제종형제환담억합천고향

過歲團圓上日宵	과세단원상일소
說今憶昔睦親饒	설금억석목친요
潛池避暑芻牛足	잠지피서추우족
踏雪冒寒獲兎驕	답설모한획토교
皆嘆從兄車禍痛	개탄종형거화통
共歡姪女結婚嬌	공환질녀결혼교
時移世易情如舊	시이세역정여구
懷裏故鄕不感遙	회리고향불감요

(2015년 2월 26일)

설날 포항에서 친척 형제와 환담하며 고향 합천을 생각하다

한 해 보낸 초하루 밤
함께 모인 사촌형제,
옛일 추억 근황 애기
화목함이 넘쳐나네.

피서하며 수영하고
소먹이도 넉넉했고
눈 밟으며 추위 속에
토끼 잡고선 뻐졌지.

사촌 형님 교통사고
그 아픔에 탄식하고,
조카 결혼하고 나니
예뻐졌다 기뻐하네.

시간 지나고 세상 바뀌어도
형제들의 정은 예와 같으니
마음속에 품은 고향
멀게 느껴지질 않네.

夜 야

西山斜落日	서산사락일
萬物宜攝生	만물의섭생
飲酒喧喧喊	음주훤훤함
驅車曄曄行	구거엽엽행
轉星終滅沒	전성종멸몰
宿鳥忽飛驚	숙조홀비경
何以求輔氣	하이구보기
不眠且嘆鳴	불면차탄명

(2014년 3월 21일)

언제부터인가 밤이 너무 시끄럽고 밝다는 생각이 들었다. 침잠하며 하루를 정리하고 조용히 쉴 수 있는 시간이 필요하다.

밤

서산에 노을이 비끼면
만물은 섭생을 구하지.

술 마시고 시끌벅적 고함지르고
자동차 치달려 번쩍번쩍 지나가니,
돌아가던 별은 끝내 자취 감추고
자던 새도 갑자기 놀라 날아가네.

어찌하면 기운을
보충할 수 있을까?
잠들지 못하고는
또 탄식할 뿐이지.

歲暮上學路上書懷 세모상학로상서회

寒風颯颯襲皮膚	한풍삽삽습피부
縮脖如常上學途	축발여상상학도
山麓白花巖坎酷	산록백화암감혹
路邊紅實樹杪枯	로변홍실수초고
暫休顧首已遙遠	잠휴고수이요원
再促攢眉更曲紆	재촉대미갱곡우
向後圖寧應求伴	향후도녕응구반
民生苦難甚如吾	민생고난심여오

(2013년 12월 20일)

근래 대학가에 "안녕하십니까?"라는 대자보가 많이 붙었다. 요즘 같은 세상에 안녕하게 살지 못한다는 말이다. 여느 때와 마찬가지로 학교를 가다가 문득 내 자신을 뒤돌아본다. 이미 많은 일이 있었고 무난하게 지내온 듯하지만 앞으로의 길은 역시 쉽지 않다. 이를 어찌 홀로 해결할 수 있겠는가? 모두들 힘을 합쳐야 할 것이다.

연말에 학교 가는 길에 생각한 바를 쓰다

차가운 바람 휘이익
피부를 파고들어
고개 움츠리고
평소처럼 학교 길을 가는데,
산위 흰 꽃은
바위틈에 매섭고
길가 붉은 열매는
나무 위에서 말랐네.

잠시 쉬며 뒤돌아보니
이미 멀리 왔지만
다시 재촉하려 고개 드니
더욱 아득한데,
향후 안녕 도모함에
응당 동지를 구할지니
인민들 고생살이
나만큼 심해서이지.

寒風 한풍

造化運行爲孟冬	조화운행위맹동
朔風颯爾疾侵胸	삭풍삽이질침흉
蕭蕭紅葉飄蒼宇	소소홍엽표창우
凜凜白霜下峻峰	름름백상하준봉
縮頸防寒着衣厚	축경방한착의후
藏身保暖閉門重	장신보난폐문중
閒遊外出皆傷己	한유외출개상기
伏蟄應當命理從	복칩응당명리종

(2012년 11월 30일)

겨울바람

조화옹이 운행하여
초겨울로 들어서니
북풍이 휘이익 불어
가슴속을 파고든다.

우수수 붉은 이파리
푸른 하늘에 날리고
사라락 하얀 서릿발
높은 산에 내리는데,
목 움츠려 추위 막으려
옷을 두껍게 하고
몸 숨겨 온기 유지하려
문을 겹겹이 잠그네.

밖에 나가 노님은
이 봄 상하게 할 뿐
웅크리고 살면서
자연의 이치 따라야지.

秋野 추야

細雨含寒氣	세우함한기
蒼穹欲降霜	창궁욕강상
枝標柿唯赤	지표시유적
路側菊叢黃	로측국총황
廣野禾收擺	광야화수파
長畦蒜種忙	장휴산종망
誰言秋寂寞	수언추적막
生命再加强	생명재가강

(2012년 10월 26일)

가을 들판

가랑비가
찬 기운을 품더니
푸른 하늘에
서리가 내릴 듯하다.

나무 끝에는
감이 홀로 붉고
길옆에는
국화가 무리지어 누러네.
너른 들에
추수가 끝났지만
긴 이랑에는
마늘 심느라 바쁘구나.

누가 말하는가?
가을이 적막하다고.
생명이 또 다시
강해지려하는데.

壬辰中秋 임진중추

中秋佳節倍桑思	중추가절배상사
課業早完上路馳	과업조완상로치
黃錦稻顆平野滿	황금도과평야만
紅珠砂果亂枝垂	홍주사과란지수
淸朝親戚虔陳奠	청조친척건진전
爽夜友朋歡擧卮	상야우붕환거치
望月祈心何所缺	망월기심하소결
慈庭康健勿求醫	자정강건물구의

(2012년 10월 5일)

임진년 추석

추석 즐거운 명절
고향생각 배가 되니
일찌감치 일 끝내고
고향 길 재촉하였네.

누런 비단 같은 나락이
널찍한 들에 가득하고
붉은 구슬 같은 사과는
어지러이 가지에 처졌구나.
맑은 아침엔 친지들 모여
경건하게 차례 상 차리고
상쾌한 밤엔 친구들 만나
즐겁게 술잔을 드네.

달 보며 기원하는 일
어찌 빼먹을 수 있으랴
어머니 건강하셔서
병원 멀리하시기를.

辛卯晚秋 신묘만추

多忙不感歲光行　　다망불감세광행

見到前山出歎聲　　견도전산출탄성

俯地纔知枝已裸　　부지재지지이라

仰天且覺日斜明　　앙천차각일사명

物都順理回歸息　　물도순리회귀식

我亦追情準備萌　　아역추정준비맹

播種來朝邁初步　　파종래조매초보

下年炎夏得朱英　　하년염하득주영

(2011년 11월 18일)

다음 날 박사학위청구논문 발표회를 하게 되었다. 박사과정에 들
어온 지 얼마 되지 않았지만, 내 나이를 고려해서인지 선생님께서
서두르셨다. 준비하느라 세월이 어떻게 가는지도 몰랐는데, 어찌
어찌하여 드디어 발표하게 되었다. 내년 여름에는 학위를 받을 수
있기를 바랄 뿐이다. 모든 게 이영주李永朱 선생님 덕분이다.

신묘년 늦가을

바쁜 일상에 세월 가는 줄 몰랐는데
앞산을 바라보고는 탄성이 났네.
땅을 보니 나뭇가지가
이미 텅 빈 것을 비로소 알겠고
하늘을 보니 태양이
비껴 빛나는 것을 또 깨닫네.

사물은 모두 이치에 따라
돌아가서 쉬는데
나 역시 인정을 따라
싹틔우기를 준비해야지.
내일 아침 씨를 뿌려
첫 걸음을 내딛으면
내년 여름에는
붉은 꽃을 얻으리라.

九日登高 구일등고

九日雖他俗　　구일수타속
常聞在舊詩　　상문재구시
登高靑曠目　　등고청광목
臨底濁顰眉　　림저탁빈미
浩氣胸襟滿　　호기흉금만
凉風腦袋吹　　량풍뇌대취
纔知先祖卓　　재지선조탁
擧手獻淸巵　　거수헌청치

(2011년 10월 20일)

음력 구월구일 중양절에 등고를 했다. 높은 산에 올라 국화주를
마시며 액운을 쫓는 중국의 풍습인데, 중문과에서 수학하다보니
동학들과 한번 체험해 보기로 했다. 관악산에 올라 탁한 공기 속
의 서울 전경을 아래로 보니 마음이 답답하지만, 그래도 시원한
바람 맞으며 푸른 산을 보니 기분이 좋아진다.

중양절 산에 오르다

구월구일 중양절
우리 풍습은 아니지만
옛 시 읽으며
익히 알고 있었지.

산위에 올라보니
푸르름에 눈이 탁 트이지만
아래를 굽어보니
탁함에 눈살이 찌푸려진다.
드넓은 기운이
가슴 속에 가득하고
시원한 바람이
머릿속에 불어온다.

선조의 탁월함을
비로소 알겠으니
손을 들어
맑은 술잔을 바친다.

夏晝驟雨 하주취우

熏蒸夏晝裏	훈증하주리
忽感黑雲飛	홀감흑운비
閃電同雷響	섬전동뢰향
亂風加雨威	란풍가우위
天相知莫測	천상지막측
世事覺還微	세사각환미
暫息當前務	잠식당전무
向朋問渴饑	향붕문갈기

(2011년 6월 16일)

여름날 소낙비

후텁지근한 여름 한낮
갑자기 몰려온 먹구름.
번개 번쩍이더니
동시에 천둥 울려대고
바람 어지러운데
거센 빗줄기 몰아친다.

하늘의 모습
예측하기 어려움을 알겠으니
세상의 일
더욱 미미함을 깨닫게 된다.
잠시 눈앞의 일 접어두고
힘들지는 않은지
벗에게 물어본다.

春興 춘흥

酷寒多雪昨冬天	혹한다설작동천
不識何時覺蟄眠	불식하시각칩면
造化不停迴日轂	조화부정회일곡
東風始到近郊阡	동풍시도근교천
新銜綠色枯枝樹	신함록색고지수
再走銀光凍結川	재주은광동결천
冠岳幽深遲暖氣	관악유심지난기
春暉照世正周遍	춘휘조세정주편

(2011년 3월 23일)

봄 흥취

매서운 추위 많은 눈
지난 겨울 힘들었지
겨울잠 언제 깰런지
알 도리가 없었지만,
태양 실은 수레바퀴
조화옹이 계속 돌려
근처의 교외 길에도
마침내 동풍이 왔다.

마른 나뭇가지는
푸른빛을 새로 머금었고
얼어붙은 냇물은
은빛으로 다시 달리는데,
관악산 깊숙한 곳
따뜻한 기운이 늦었지만
봄 햇살은 정말로
골고루 세상을 비추인다.

歲暮有感 세모유감

平時年暮不深思	평시년모불심사
近日心情却異夷	근일심정각이이
國會高官無顧恤	국회고관무고휼
北方血族有危爲	북방혈족유위위
八期學業工夫賤	팔기학업공부천
卅歲謀生財産衰	십세모생재산쇠
吾只單身何憂懼	오지단신하우구
寬心曠逸道行遲	관심광일도행지

(2011년 12월 28일)

연말에 느끼는 바가 있어 짓다

평소 연말이 되어도
깊이 생각하지 않았는데
오늘 밤 마음은 도리어
평소 같지 않구나.

국회의 높은 나리는
백성들 어려움 살피지 않고
북쪽 나라 동포들은
위험한 행동을 하고 있으며,
여덟 학기 공부해도
실력은 얕고
사십년 살림살이에
재산은 적다.

나는 다만 홀몸이니
무어 근심하고 걱정하랴
느긋한 마음 초연히
느릿느릿 내 갈 길 가리라.

秋風 추풍

高秋半月靜宵深	고추반월정소심
忽爾寒風冷不禁	홀이한풍랭불금
窓外梧桐皆欲落	창외오동개욕락
牆低蟋蟀却稀吟	장저실솔각희음
凄凄空室燃爐火	처처공실연로화
炯炯明燈入冊林	형형명등입책림
書讀專心忘世俗	서독전심망세속
幽雅豈恐雪霜侵	유아기공설상침

(2011년 9월 20일)

가을바람

늦은 가을 반달 뜬 날
고요한 밤 깊어 가고
홀연 찬바람 불어와
추위 견디지 못한다.

창밖 오동나무 잎은
모두 떨어지려하고
담장 아래 귀뚜리는
오히려 드물게 운다.
처량한 빈 연구실에
화로를 따뜻이 하고
환히 밝은 등불아래
책의 숲에 들어간다.

독서에만 전심하니
세속 일을 잊었는데
그윽하고 고아해져
들이치는 눈서리를
어찌 두려워하리오.

地 땅

紫霞淵雙鴨 자하연쌍압

何處來雙鴨	하처래쌍압
婉姿觀客多	완자관객다
忽潛驚慢鯉	홀잠경만리
靜泳動浮荷	정영동부하
深慮饞牙利	심려기아리
或傷交頸和	혹상교경화
終無違衆望	종무위중망
睦愛戲中波	목애희중파

(2018년 8월 30일)

학교에 자하연이라는 조그만 연못이 있다. 그곳에 잉어가 너무 많아져서 개체수를 조절하려고 오리 한 쌍을 풀어놓았다. 서울대 학생들은 물론이고 견학 온 중고등학생들 모두 신기해하며 좋아했다. 그런데 어느 날 한 마리가 고양이에게 죽고 다른 한 마리도 짝을 잃은 채 시름겨워하다가 결국 죽고 말았다. 그 후 학교에서는 오리 한 쌍을 다시 풀어놓았고, 여러 달이 지났지만 건강하게 잘 살고 있다. 부디 올 겨울을 잘 넘기고 화목하게 살기를 바란다.

자하연 오리 한 쌍

어디서 왔나?
오리 한 쌍
자태가 아름다우니
보러 오는 이들 많네.

갑자기 물속으로 들어가
교만한 잉어 놀라게 하고
조용히 물위를 떠다니니
물위에 뜬 연잎 움직이네.
깊이 근심하니,
굶주린 짐승의 이 날카로워
혹시나 상할까?
다정하게 목 부비는 화목함.

만인의 바람
끝까지 어기지 말지니
서로 사랑하고 정답게
물결 속에서 노니시길.

花落綠新 화락록신

滿發春花艶欲然　　만발춘화염욕연
一經細雨落隨川　　일경세우락수천
傷心忽失桃源景　　상심홀실도원경
驚喜淸天樹綠鮮　　경희청천수록선

(2018년 4월 26일)

꽃이 떨어지자 녹음이 새롭다

세상 가득히 피어난 봄 꽃
불타는 듯이 아름다운데
가랑비 한번 내리고 나니
떨어져 냇물에 흘러간다.

갑자기 사라진 무릉도원
이 마음 아팠지만
맑은 하늘에 선명한 녹음
놀라며 기뻐한다.

雨中蟬 우중선

柱低殘幾蛻	주저잔기태
樹上寂無嘶	수상적무시
忍苦纔飛出	인고재비출
失時竟路迷	실시경로미

(2017년 8월 25일)

빗속의 매미

둥치 아래에는
허물 몇 개 남았는데
나무 위에는
울음소리가 없구나.

괴로움을 참고서
겨우 날아 나왔지만
때가 맞지 않아서
결국 길을 잃었구나.

欄菊 란국

軒欄誰種菊	헌란수종국
狹地善裁培	협지선재배
茂盛叢叢蕃	무성총총번
嬌妍色色開	교연색색개
幽香忽杳漠	유향홀묘막
淑氣數徘徊	숙기삭배회
背我隨陽屈	배아수양굴
深嘆無奈回	심탄무내회

(2017년 10월 29일)

연구실이 있는 건물 난간에 흡연자를 위한 공간이 있었고, 그곳에
재떨이용으로 모래를 깔아놓은 곳이 있었다. 이제 그곳은 금연구
역이 되었고, 그 좁은 모래땅에 어느 동학이 국화, 봉숭아, 패랭이
등등을 심었다. 매일 같이 물을 주고 기르니 상당히 무성해졌고
가을에 색색의 국화가 아름답게 피었다. 나도 매일 그곳을 지나가
며 주의 깊게 보았는데 꽃이 참으로 좋았다. 다만 꽃들이 태양을
받기 위해 바깥으로만 향해 있는 것이 아쉬웠다. 그 꽃을 보기
위해서는 건너편 건물로 가야 한다.

베란다의 국화

건물 난간 베란다에
누가 국화를 심었나?
좁디좁은 땅에
잘도 길렀구나.

무성하게 떨기로 자라나
아름답게 색색으로 피니,
그윽한 향기에
문득 아득해지고
깨끗한 기운에
자주 서성거린다.

사람을 등지고서
햇볕을 향했는데,
내가 볼 수 없으니
깊이 탄식만 할 뿐.

春游 춘유

萬物蘇生滿	만물소생만
何違造化施	하위조화시
淸風疲肺闊	청풍피폐활
新綠爽心馳	신록상심치
幼鵲求蟲戲	유작구충희
勤蜂採蜜遲	근봉채밀지
歸時神更裕	귀시신갱유
輕步又迴移	경보우회이

(2017년 4월 28일)

봄나들이

만물이 소생하여
천지에 가득하니
내 어찌 어길쏘냐
조화옹의 베풂을.

맑은 바람 맞으니
피곤하던 폐 뻥 뚫리고
신록을 맞이하러
상쾌한 마음 달려간다.
어린 까치는
벌레 잡다가 장난치고
부지런한 벌은
꿀을 모으다 느리게 난다.

돌아올 때
정신이 더욱 넉넉해지니
가벼운 걸음
또 돌려 옮기는구나.

梅花迎春 매화영춘

東風微興起　　동풍미흥기
觸氣獨花降　　촉기독화항
鮮瓣紛飄地　　선판분표지
暗香蕩亂窓　　암향탕란창
蟄蟲出暖壑　　칩충출난학
歸鳥集平江　　귀조집평강
群動皆喧鬧　　군동개훤료
快心傾酒缸　　쾌심경주강

(2017년 3월 31일)

매화꽃이 봄을 맞이하다

동풍이 살랑살랑
비로소 일어나니
그 기운에 감응해
홀로 꽃이 즐겁네.
선명한 꽃잎
분분히 땅에 휘날리고
은은한 향기
자욱이 창에 어지럽네.

잠자던 벌레는
따뜻한 골짜기에 나오고
돌아온 새들은
질펀한 강물에 모여 있네.
만물이 모두
시끌시끌하니
즐거운 마음으로
술동이를 기울이네.

春江曉景 춘강효경

東風吹萬物	동풍취만물
和好固天鍾	화호고천종
雙燕含泥疾	쌍연함니질
叢桃發蕊濃	총도발예농
逶迤深水緩	위이심수완
嫋嫋小舟從	뇨뇨소주종
春氣塵埃洗	춘기진애세
庶幾淨世逢	서기정세봉

(2017년 3월 3일)

중국 소상강의 풍경을 여덟 폭으로 그린 그림이 있는데 〈소상팔경도〉라고 한다. 그 중 하나가 〈춘강효경〉인데, 그 그림을 보고 내 마음 속의 〈춘강효경〉을 다시 그려보았다.

봄 강의 새벽 경치

동풍이 만물에 불어오니
화목함은 진실로
하늘이 내린 것이로구나.

쌍쌍으로 나는 제비는
바삐 진흙을 물고
무더기로 핀 복사꽃은
많은 꽃을 터트리는데,
구불구불 깊은 물은 느릿하고
흔들흔들 작은 배는 따라간다.
봄기운이 먼지를 씻어버렸으니
깨끗한 세상 만나기를 바란다.

丙申年正月初二日過厄加勒斯角

병신년정월초이일과액가륵사각

兩海相連接	량해상련접
廣原最極南	광원최극남
茫空望目斷	망공망목단
浩氣感心涵	호기감심함
天地誇無限	천지과무한
吾人愧不諳	오인괴불암
沙鷗飛自在	사구비자재
從此欲幽探	종차욕유탐

(2016년 1월 29일)

남아공에 사는 형님을 방문해서 같이 케이프타운 근처를 여행했다. 희망봉을 갔다가 내가 우겨서 아굴라스 곶을 방문했다. 명실상부한 아프리카 대륙의 최남단이고 이곳에서 인도양과 대서양이 만난다.

병신년 1월 2일 아굴라스 곶을 지나다

두 바다 서로 만나는
너른 평원의 최남단.
아득한 하늘 끝까지 바라보니
너른 기운 내 마음을 적셔주네.

천지는 끝없음을 뽐내는데
나는 무지함이 부끄럽구나.
자유로이 훨훨 나는 갈매기
그를 따라 그윽이 탐구하리.

落葉 낙엽

芳春新綠發	방춘신록발
炎夏盛靑留	염하성청류
霜葉爭鮮艶	상엽쟁선염
寒枝落飄悠	한지락표유
常謀人樂利	상모인락리
纔得己寧休	재득기녕휴
此別應充養	차별응충양
健芽待湧抽	건아대용추

(2015년 11월 27일)

낙엽

꽃피는 봄이 되면
신록을 드러내고
더운 여름이 되면
짙은 녹음 남기고
서리 맞은 잎으로
화려함 다투고는
차가운 가지에서
휠휠 떠나는구나.

늘 도모했던 것은
사람의 행복 이익
이제야 얻었구나
자신의 편한 휴식.
이번 이별은 응당
양생 보충함이니
씩씩한 싹이 쑥쑥
돋기를 기다린다.

春風 춘풍

寒酷蜷躬少出巢	한혹권궁소출소
東風溫暖拂頭梢	동풍온난불두초
香梅綠蕊偸偸綻	향매록예투투탄
煙柳金條嫋嫋交	연류금조뇨뇨교
花粉浮飛流淚濕	화분부비류루습
沙塵靄密喘咳哮	사진애밀천해효
神遊聊足窓邊賞	신유료족창변상
不免踏靑春娘嘲	불면답청춘랑조

(2015년 3월 26일)

봄바람

혹한 속에 몸을 움츠리고
바깥나들이 드물었는데
동쪽 바람 따뜻하게 불어
머리끝을 가볍게 스치네.

향긋한 매화 푸른 꽃망울
남이 알새라 몰래 터지고
아득한 버들 금빛 가지는
하늘하늘 엇갈려 날리네.
꽃가루 하늘 가득 떠날려
흐르는 눈물이 축축하고
미세먼지 공중에 빽빽하여
기침 소리 더더욱 커졌네.

정신적 노님으로 그럭저럭
창가의 감상에 만족하니
어찌 피해갈 수 있겠는가?
답청하는 봄 아가씨 조롱.

秋日憶家兄 추일억가형

日落西風急　　일락서풍급

孤襟忽感寒　　고금홀감한

蕭蕭紅葉落　　소소홍엽락

寂寂素枝殘　　적적소지잔

本是同天對　　본시동천대

豈爲異地單　　기위이지단

願看芽出嫩　　원간아출눈

共享弄春歡　　공향농춘환

(2014년 11월 7일)

형이 남아공 간 지 오 년이 되었다. 평소 그다지 친하지는 않았지만 나이가 들면서 가끔 생각이 난다. 여기가 가을일 때 그쪽은 봄이다.

가을날 형을 생각하며

해 지고 서풍이 급히 부니
외로운 가슴 차가워지고
우수수 붉은 잎 떨어진 뒤
쓸쓸히 흰 가지만 남았다.

하늘을 같이 하며
원래 마주 했는데
땅을 달리 하고서
어찌 홀로 지내나?
원컨대 새로 돋은
파릇한 싹을 보며
봄놀이 즐거움을
함께 나눌 수 있길.

望冠岳 망관악

每朝上校仰昇輝	매조상교앙승휘
況有佳山何乃違	황유가산하내위
寒雪滿天靑栢獨	한설만천청백독
涼陰掩地綠枹肥	량음엄지록포비
暫驚秋葉千生謝	잠경추엽천생사
忽見春芽萬物菲	홀견춘아만물비
在內難知眞面目	재내난지진면목
相看不厭我常希	상간불염아상희

(2014년 4월 25일)

소식의 시 〈서림사의 벽에 쓰다題西林壁〉에 "여산의 진면목을 알수 없는 것은 단지 내 몸이 이 산중에 있기 때문이다.(不識廬山眞面目, 只緣身在此山中.)"라는 구절이 있고, 이백의 〈경정산에 홀로 앉아 있다獨坐敬亭山〉에 "서로 바라보아도 둘 다 싫증나지 않는 것은 오직 경정산 뿐이다.(相看兩不厭, 只有敬亭山.)"라는 구절이 있다.

관악산을 바라보며

매일 아침에 학교 가며
떠오르는 햇살 받는데
하물며 경관도 좋으니
어찌 하루도 빠트릴까?

차가운 눈 하늘 가득할 땐
푸른 측백 외롭지만
시원한 그늘 땅을 덮을 땐
푸른 상수리 살지네.
가을 낙엽지면
만상이 시드는가 잠시 놀라다가
봄 새싹 돋으면
만물이 향기로운 것 문득 본다.

그 안에 있으면
누가 진면목을 알랴마는
늘 바라는 건
서로 바라보며
싫증나지 않기를.

海上月 해상월

日沒天空代主人	일몰천공대주인
金盤冒海誇貴珍	금반모해과귀진
片雲戱弄時明滅	편운희롱시명멸
只看波中一素輪	지간파중일소륜

(2013년 10월 25일)

바다에 뜬 달

해가 진 뒤
하늘의 주인이 바뀌니
금빛 쟁반이 바다를 뚫고
귀한 모습 과시하네.

조각구름 희롱하며
때때로 나타났다 사라지니
다만 보이는 건
파도 위의 하얀 바퀴 하나.

春雨 춘우

細雨濛濛不覺晴	세우몽몽불각청
鴨頭池綠柳新萌	압두지록류신맹
折枝臨別期還早	절지림별기환조
造化先知爲淚生	조화선지위루생

(2013년 3월 29일)

봄비

가랑비 어슴하다
어느덧 갰는데
오리 머리같이 푸른 연못가에
버들이 새로 움텄네.

가지 꺾어 이별할 때
일찍 돌아오라 기약할 터
조화옹이 미리 알고
눈물을 흘렸구나.

春夜聽雨 춘야청우

紅重春花鬧艶嬌	홍중춘화뇨염교
晚來細雨下蕭蕭	만래세우하소소
無聲潤物知時節	무성윤물지시절
忽見隨風疏影搖	홀견수풍소영요

(2016년 4월 22일)

두보의 〈봄밤의 좋은 비春夜喜雨〉에 "좋은 비는 시절을 알아서가느
다랗게 소리 없이 만물을 적신다.(好雨知時節, 潤物細無聲.)"는 구
절이 있다.

봄밤에 듣는 빗소리

붉은 빛 무거운 봄꽃
화려함에 소란한데
저녁에 가랑비 내려
하나하나 떨어지네.

소리 없이 만물 적셔
시절을 안다하는데
문득 바람에 흔들린
성긴 그림자 보인다.

靑海 청해

深靑偏刺眼	심청편자안
中有一橫條	중유일횡조
鷗點旋回敏	구점선회민
鯨浮疾走豪	경부질주호
風吹開鬱腦	풍취개울뇌
手擧飮甘醪	수거음감료
廣闊無邊境	광활무변경
在胸浩氣高	재흉호기고

(2013년 8월 30일)

푸른 바다

짙푸른 색 온통 눈이 시린데
그 가운데 가로놓인 선 하나.
갈매기는 점점이 재빨리 선회하고
고래는 물에 떠 힘차게 질주하네.

바람 불어 울적한 마음 씻어주고
손을 들어 맛좋은 술을 마시니,
광활하고 끝없는 경관에
마음 속 호방한 기운 높아가네.

春日訪開心寺遣興 춘일방개심사견흥

南行舒鬱悶	남행서울민
慢慢踏閑幽	만만답한유
寂路靑松聳	적로청송용
淸池綠蘚浮	청지록선부
堂連賢跡覓	당련현적멱
香引古花求	향인고화구
輕步紅顔復	경보홍안복
春情不覺偸	춘정불각투

(2013년 4월 26일)

봄날 개심사를 방문하고

답답함 달래려 남쪽을 향해 달려
한적한 곳을 천천히 거닐어보네.

조용한 길에는 푸른 소나무 우뚝하고
맑은 연못에는 푸른 이끼가 떠있으며,
당이 이어져 어진 이 흔적을 찾아보고
향기가 이끌어 오래된 꽃나무 구하네.

가벼운 발걸음에 붉은 얼굴 회복하니
봄 마음을 나도 몰래 훔쳤나보다.

落花 락화

春陽花鬪發　　춘양화투발
仰俯成綠新　　앙부성록신
莫說浮生夢　　막설부생몽
殺身結實眞　　살신결실진

(2012년 5월 18일)

떨어지는 꽃

봄볕에 다투어 피어난 꽃
순식간에 신록이 되었다.

헛된 인생 한바탕 꿈
허망하다 하지 마라
스스로를 희생하여
결실 맺는 참됨이니.

春日看花 춘일간화

鳥歌探蜜散花飛　　조가탐밀산화비
風裏飄飄落我衣　　풍리표표락아의
不覺惦香引胡蝶　　불각첨향인호접
心情疑識信無機　　심정의식신무기

(2011년 4월 26일)

봄날 꽃구경을 하다

새가 노래하며 꿀을 찾으니
꽃잎이 흩날리는데
바람에 팔랑팔랑
내 옷에 떨어지네.

어느새 달콤한 향기가
나비를 이끌어오니
진실로 기심 없는 내 마음을
아는 것 같구나.

梅雨 매우

夜枕間聞雨滴忽　　야침간문우적총
朝山又睹瀑流沖　　조산우도폭류충
已知帶傘難防體　　이지대산난방체
却喜拕鞋樂濕躬　　각희타혜락습궁
爽快積陰還益鬱　　상쾌적음환익울
淸香高樹自加隆　　청향고수자가륭
靑梅茂盛成黃熟　　청매무성성황숙
想望高秋變臉紅　　상망고추변검홍

(2013년 6월 21일)

학교 연구실 앞 정원에 매실나무 다섯 그루가 있다. 서울에 올라
온 이후로 매해마다 그 매실을 주워서 매실주를 담갔다. 대체로
100일 후에 개봉하여 동학들과 나눠 마신다.

매실이 익어갈 때의 장마

밤 베개 속에서
빗방울 다그치는 소리
간간이 들었는데
아침 산에
세찬 물길 쓸려 내려가는 것을
또 보게 되었네.

우산을 써도
이 몸 건사하기 어려움을
이미 알기에
슬리퍼 끌고
온 몸 흠뻑 젖는 걸
기꺼이 즐겨야지.

상쾌한 짙은 녹음은
또 울창함을 더하고
싱그런 높은 나무는
절로 육중함을 쌓네.

푸른 매실 무성하게

누렇게 익어 가리니
맑은 가을 매실주에
얼굴이 붉어지겠지.

心飛登山 심비등산

眼前多事促光陰　　안전다사촉광음

忽見周圍秋色深　　홀견주위추색심

點點黃紅冠岳變　　점점황홍관악변

吾心已走到高岑　　오심이주도고잠

(2011년 10월 20일)

마음이 산으로 날아오르다

눈앞의 일이 많아서
세월이 빨리 지나가는데
갑자기 주위를 둘러보니
가을빛이 깊어졌네.

점점이 단풍들어
관악산이 변했는데
내 마음은 이미 치달려서
높은 산 정상에 도달했네.

月 월

妹兄避虎幸昇天	매형피호행승천
兩化居諸晝夜懸	량화거저주야현
或謂可憐離暗藹	혹위가련리암애
不知甚喜接團圓	부지심희접단원
望時飛鏡嬋娟走	망시비경선연주
弦半彎弓洁皎旋	현반만궁길교선
晦朔淸空星獨出	회삭청공성독출
連肩日月夢千年	련견일월몽천년

(2013년 6월 7일)

달

오뉘가 호랑이 피해
다행히 하늘로 올라
둘은 해와 달이 되어
낮밤 하늘에 걸렸네.
그들이 멀리 떨어졌다고
혹 불쌍히 여기는데
단란하게 만나 즐기는 줄
전혀 모르는 것이지.

보름 때는 나는 거울이 되어
환하게 달려가지만
반달일 때는 당겨진 활이 되어
하얗게 선회하고는,
그믐엔 맑은 하늘에
별만 나오는데
어깨 맞댄 해와 달이
천년을 꿈꾸지.

雪中梅 설중매

玄冥漸失勢	현명점실세
祥物報春先	상물보춘선
未覺暉遍地	미각휘편지
忽看雪滿天	홀간설만천
白花眞可賞	백화진가상
靑實豈期全	청실기기전
酸味還充醋	산미환충초
無由中聖賢	무유중성현

(2013년 2월 22일)

학교 연구실 앞 정원에 이병한 선생님께서 심어놓으신 매실나무 다섯 그루가 있다. 매번 그 매실을 주워서 술을 담가 동학들과 나눠마셨다. 올봄 매화가 폈는데 갑자기 폭설이 내려서 꽃이 다 떨어졌다. 난생처럼 설중매를 보게 되었지만 매실이 없으니 매실 주를 담그지는 못할 것이다. 옛날 금주령이 내렸을 때 사람들이 청주를 성인이라고 부르고 탁주를 현인이라고 불렀다.

눈 속의 매화

북에서 부는 바람이
점차 세력을 잃으니
상서로이 터진 꽃이
먼저 봄을 알렸지만,
온 땅에 퍼진 양기를
미처 느끼기도 전에
하늘 가득한 눈발을
홀연 보게 되었구나.

하얀 눈꽃은
진정 감상할 만하지만
푸른 열매는
어찌 온전하길 바랄까?
신 맛이야 그래도
식초로 충당할 수 있지만
성인과 현인에
빠질 도리는 없어졌구나.

橘 귤

寒冬閑夜裏	한동한야리
呑唾想柑黃	탄타상감황
有異靈均頌	유이령균송
無違老杜昂	무위로두앙
貧窮不種僕	빈궁부종복
補養徒尋郎	보양도심랑
漲價常居獨	창가상거독
難親峻雅香	난친준아향

(2013년 1월 25일)

굴원屈原의 자가 영균靈均이다. 초사의 〈굴송橘頌〉에 "안타깝
구나, 어린 뜻에 남다름이 있는 것이. 홀로 서서 변함이 없으니
어찌 기뻐하지 않겠는가?(嗟爾幼志, 有以異兮. 獨立不遷, 豈不
可喜兮.)"라는 말이 있다.

두보杜甫가 기주夔州의 동둔東屯에 살 때 감귤 몇 그루를 심어놓
고는 항상 변함없는 모습을 칭송하였다.

오나라 단양태수 이형李衡은 무릉武陵 용양龍陽 범주泛洲에 감

귤 천 그루를 심었다. 죽기 전에 아들에게 말하기를, "내가 범주에 나무 하인 천 명이 있으니 해마다 명주 천 필을 얻을 수 있을 것이다."라고 하였다.

귤

추운 겨울
한가로운 밤에
침을 삼키며
노란 귤을 생각한다.

다름이 있다고 굴원이 칭송했고
위배됨이 없다고 두보가 우러렀지.
빈궁해서 그 나무 심을 수가 없기에
비타민 보충하려 괜히 그대를 찾는다.

물가는 오르고
늘 혼자 살다보니
고아한 그 향기
가까이하기 어렵구나.

山行雨晴 산행우청

水泥難步暫停留   수니난보잠정류
雲脚疏開日出頭   운각소개일출두
流急溪中沖汨活   류급계중충괄활
滴圓草末落躊躇   적원초말락저주
遠望山色明輝美   원망산색명휘미
周嗅樹香鬱密幽   주후수향울밀유
晴後林情眞爽暢   청후림정진상창
不知心裏斷淸愁   부지심리단청수

(2012년 7월 27일)

산행하다 비가 개다

진흙길 걷기 힘들어
잠시 멈추어 쉬는데
구름발 성기게 열려
햇살이 고개 내미네.

계곡의 급한 물줄기
콸콸 쏟아져 흐르고
풀끝의 둥근 물방울
떨어지길 주저하네.
멀리 산을 바라보니
반짝반짝 아름답고
주위 나무를 스치니
향내 흠씬 그윽하네.

비가 갠 뒤 숲속에는
정감이 진정 상쾌해
어느새 마음 속 근심
끊어져 말끔해졌네.

春日閒遊 춘일한유

冷氣還嚴逼太陽	랭기환엄핍태양
暄風尙弱隔平洋	훤풍상약격평양
化翁橐籥流溟涬	화옹탁약류명행
天地春心滿盛昌	천지춘심만성창
草木千千開蜜蕾	초목천천개밀뢰
女男兩兩破談囊	녀남량량파담랑
暫隨興趣入桃境	잠수흥취입도경
忽覺時遲回學房	홀각시지회학방

(2012년 4월 20일)

봄날 한가롭게 거닐다

차가운 기운 아직 사나워
태양을 바짝 윽박지르니
따뜻한 바람 여전히 약해
너른 바다 너머 있었지만,
조화옹이 풀무질을 해서
자연의 원기를 흘려주니
세상 전체에 봄의 기운이
가득해지고 왕성해졌네.

온갖 풀과 나무가
꿀 봉오리를 열고
쌍쌍 짝진 남녀는
이야기 보따리를
활짝 터뜨리기에,
잠시 흥취를 따라
도화원에 갔다가
시간이 늦었음을
문득 깨닫고 다시
연구실로 돌아온다.

春雨 춘우

陽光雖復照	양광수부조
豈謂時序更	기위시서갱
雨會圓團滴	우회원단적
華纏發破萌	화재발파맹
幹寒營養乏	간한영양핍
潤暖氣矜生	윤난기긍생
虛弱吾心力	허약오심력
當春食鴨烹	당춘식압팽

(2012년 3월 20일)

봄 비

따뜻한 볕이
아무리 다시 비쳐도
어찌 말하겠는가?
계절이 바뀌었다고.
모름지기 빗방울
동글동글 내려야
비로소 꽃망울이 터지지.

메마르고 차가워
양분이 모자랐는데
촉촉이 따뜻해져
기운이 솟아나서라.
허약하구나!
내 몸과 마음,
봄이 되었으니
오리를 삶아먹어야지.

裸木 나목

借問何由裸	차문하유라
刀風刻酷中	도풍각혹중
冬天收養乏	동천수양핍
寒地棄從空	한지기종공
冷擦皮加厚	랭찰피가후
深鑽本益充	심찬본익충
明春陽氣滿	명춘양기만
離族返華紅	리족반화홍

(2012년 1월 19일)

나목

어인 일로 벌거벗었는가?
칼바람 쌩쌩 부는데.
겨울이라 영양이 부족해서
차가운 땅에 딸린 이를 다 버렸구나.

찬 기운 맞으면
껍질이 두꺼워지고
깊이 파고들다보면
뿌리가 더욱 충실해질 터,
내년 봄 따뜻하게
햇살 가득해지면
떠나간 가족들
붉은 꽃으로 돌아오겠지.

月夜跑步 월야포보

長坐增肥要腺燃	장좌증비요록연
夜來跑走校園邊	야래포주교원변
胸雖喘愜精神爽	흉수천철정신상
身亦疲勞勝景偏	신역피로승경편
凉快星間雲慢動	량쾌성간운만동
嬋娟天上月高懸	선연천상월고현
隨吾共步昭明照	수오공보소명조
此興相分作什傳	차흥상분작습전

(2011년 9월 29일)

달밤에 달리기

앉아 있어 불은 몸
지방을 태우려고
밤이면 밤마다 또
학교 주변을 뛴다.

가슴엔 숨이 차도
정신은 상쾌하고
몸은 피곤하지만
빼어난 경치 많지.
서늘하니 별 사이
천천히 나는 구름
휘영청 하늘 위에
높이 걸려 있는 달.

걸음 맞춰 날 따라
환히 비춰주기에
이 흥취를 나누려
시를 지어 전하네.

春日有感 춘일유감

東風溫暖萬花開　　동풍온난만화개
應要賞春傾淥杯　　응요상춘경록배
帶酒登丘却胸塞　　대주등구각흉색
仰天俯野只心摧　　앙천부야지심최
支那乏樹浮黃暴　　지나핍수부황포
日本橫災落黑埃　　일본횡재락흑애
人慾自招誰詰責　　인욕자초수힐책
空瓶酩酊下山來　　공병명정하산래

(2011년 4월 12일)

봄이 왔지만 바깥나들이가 어렵다. 중국에서는 황사가 오고 일본
에서는 원자력발전소의 낙진이 날아와 떨어진다고 한다. 언제나
화창한 날의 봄을 즐길 수 있을까?

봄날 감회가 있어서 짓다

동풍이 따뜻이 불어
갖가지 꽃이 폈으니
마땅히 봄 구경하며
술잔을 기울여야지.

술 들고 언덕에 올랐는데
오히려 가슴이 탁 막히고
하늘을 보나 들판을 보나
그저 마음만 아플 뿐이다.
중국에는 나무가 적어서
누런 모래 바람이 일고
일본에는 재난이 있어
검은 먼지가 떨어진다.

사람의 욕심 자초한 일
누굴 탓하고 원망하랴
술병 비우고 취한 채
힘없이 산을 내려온다.

雪夜 설야

南方村漢到京孤	남방촌한도경고
寒夜天翁設別娛	한야천옹설별오
晧白梨花輕弄蘂	호백리화경농예
明靑柏樹重勞株	명청백수중로주
淺散少個快愉目	천산소개쾌유목
深積多量難受軀	심적다량난수구
看雪心思更混亂	간설심사갱혼란
明朝上學恐氷途	명조상학공빙도

(2011년 1월 18일)

눈 오는 밤

남도의 시골 사내가
서울 와서 외로운데
추운 밤에 조물주가
별난 즐거움 베푸네.

희디 흰 배꽃은
꽃술을 가볍게 희롱하는데
맑고 푸른 측백나무는
둥치가 무거워 수고로우니,
가볍게 흩날리는 적은 양은
눈을 즐겁게 하지만
깊게 쌓인 많은 양은
몸을 견디기 어렵게 하는구나.

눈을 보노라니
심사가 더욱 어지러운데
내일아침 학교 갈 때
얼음길이 두려워서라네.

人 사람

祝黃汀秀同學大學卒業 축황정수동학대학졸업

四年精進利夷矛　　사년정진리이모
還欲加功硬革柔　　환욕가공경혁유
應是平生盡力事　　응시평생진력사
無忘餘裕樂長遊　　무망여유락장유

(2019년 2월 24일)

황정수 동학은 서울대학교 국문과 학부생이다. 1학년 때부터 자하시사에 참여하여 일창삼탄하는 시를 써왔다. 한학과 문학에 관심과 재주가 많은데 이제 졸업하고 대학원에 입학했다. 더욱 정진하여 큰 학자가 되기를 바란다.

황정수 동학 대학 졸업을 축하하며

사 년간 정진하여 긴 창이 날카롭고
또 공들여 질긴 가죽 무두질 하려네.
응당 이는 평생 힘을 다해야 하는 일
여유로움 잊지 말고 긴 여행 즐기길.

祝姜旼昊同學任用西江大學校教授

축강민호동학임용서강대학교교수

螢雪唐詩號杜山	형설당시호두산
慈恩講學符仰攀	자은강학부앙반
工夫勉勵持官位	공부면려지관위
一路平安破笑顔	일로평안파소안

(2019년 2월 25일)

강민호 동학은 호가 두산인데, 서울대학교 중문학과에서 두보의 시로 박사학위를 취득하고 다년간 당시 연구에 매진하였다. 이번에 서강대학교 중국문화학과 전임이 되었다.

강민호 동학 서강대학교 교수 임용을 축하하며

당시에서 형설지공 두산이라 불려지고
강단에서 자애로워 우러러는 모범이다.
자기수련 열심이라 정규직을 얻었으니
앞으로는 평안하게 웃는 얼굴 하시기를.

自畫像 자화상

我貌何所似	아모하소사
對鏡不寫形	대경불사형
尋探久徘徊	심탐구배회
傍人眼裏停	방인안리정

(2018년 12월 23일)

자화상

내 모습 무엇과 같은가
거울 봐도 그릴 수 없네.
찾으며 오래 배회하다
옆 사람 눈 안에 멈추네.

閑居 한거

通宵電影快心間　　통소전영쾌심간
中午起床無事閑　　중오기상무사한
散步涼溪神爽邁　　산보량계신상매
忽聞開講皺生顏　　홀문개강추생안

(2016년 6월 24일)

한가롭게 지내다

밤새도록 즐기며
영화를 보고 난 뒤
정오에 일어나도
일 없이 한가롭네.

시원한 계곡 거니니
정신이 맑아지는데
갑작스런 개강 소식
얼굴에 주름 생기네.

讀韓昌黎詩得盲字 독한창려시득맹자

似文難澁噎	사문난삽열
此論若聾盲	차론약롱맹
章法參馳馬	장법참치마
思惟涌躍鯨	사유용약경
吟山鋪想像	음산포상상
詠雪極研精	영설극연정
李杜韓詩本	리두한시본
終成一派聲	종성일파성

(2018년 11월13일)

요즘 당나라 한유의 시를 번역하고 있다. 차근차근 보다보니 예전에 배웠던 평가가 단편적이라는 생각이 들었다. 두보와 이백을 존중하여 그들의 시를 배워 두 사람의 장점을 다 갖춘 데다 또 다른 풍격이 있다.

한창려의 시를 읽고 – '맹'자를 얻다

문장 같고 어려워 껄끄럽고 목이 멘다는데
이런 평론은 귀머거리 장님과 같은 것이지.
장법은 나란히 달리는 말과 같고
사유는 치솟아 뛰는 고래와 같지.
남산을 읊을 땐 상상한 것을 모두 펼쳐놓았고
눈을 읊조릴 땐 연마하여 정밀한 것을 다했지.
이백과 두보가 한유 시의 근본인데
끝내는 한 줄기 소리를 이루었구나.

八友會 팔우회

靑衿方合契	청금방합계
知命尙交嘉	지명상교가
隔月抽閒集	격월추한집
杯酬發笑花	배수발소화
每番移席樂	매번이석락
球撞探微瑕	구당탐미하
長久無員缺	장구무원결
敦情比晚霞	돈정비만하

(2018년 9월 25일)

'여덟 동무'는 고등학교 때 친구들의 모임이다. 대학 진학 이후부터 지금까지 모임이 지속되고 있다. 두 달마다 한 번씩 만나서 같이 식사하고 당구 치는 것이 고정적인 프로그램이다. 예전에는 고등학교 때 추억을 주로 이야기했는데 나이가 들수록 사는 이야기를 더 많이 하게 되었다. 그러다보니 학생 때보다 더 친해진 듯한 느낌이 든다.

여덟 동무 모임

학생시절 막 의기투합하여
지천명에도 여전히 사귐 아름답구나.

한 달 걸러 한가한 시간 짜내 모이고선
술잔 주고받으며 웃음꽃 피우고,
매번 자리를 옮겨 즐기노라니
당구공 치면서 조그만 잘못도 찾아내지.

오래도록 빠지는 이 없어서
돈독한 정이 저녁노을과 같이 하기를.

奉祝韻山李永朱先生丙申丁酉集刊行

봉축운산이영주선생병신정유집간행

借問伊何作漢詩　차문이하작한시

躬親捏嵌纔賞瓷　궁친날감재상자

怨哀吐瀉懷心血　원애토사회심혈

徹骨騷人是我師　철골소인시아사

(2018년 2월 23일)

내 박사과정 지도교수인 이영주 선생님은 직접 창작한 시집을 아홉 권 출간하셨다. 교수나 연구자라는 호칭보다는 시인이라는 호칭을 더 좋아하신다. 당신이 지으신 시를 우리에게 읽어보라고 주실 때의 표정을 보면 정말 행복해 보인다. 시를 다듬는 시간과 과정이 그만큼 힘들었기 때문일 것이다. ≪병신정유집≫에 시 해설을 내가 쓰게 되었다. 마지막에 "선생님은 뼛속까지 시인이시다."라고 썼는데 선생님께서 너무 과하다고 표현을 바꾸셨다. 그래서 이 시를 지었다.

운산 이영주 선생님 ≪병신정유집≫ 간행을 받들어 축하드리며

"한시를 왜 지으시는지요?"
"친히 빚고 새겨봐야
도자기를 감상할 수 있지."

슬픔과 원한 토해 쏟아내며
심장의 피를 생각하시니,
뼛속까지 시인이시구나!
나의 스승님은.

≪병신정유집 · 서시≫: 도는 배워서 구할 수는 없고 스스로 터득하여 이를 수는 있다. … 직접 빚고 새겨 본 뒤에야 비로소 청자도 감상할 수 있는 법.(曰道不可求, 體得能致之. … 親手捏嵌後, 方能賞靑瓷.)
≪병신정유집 · 시(詩)≫: 한 편 한 편 보면서 허옇게 된 살적을 위로하고 한 자 한 자 음미하며 붉었던 심장의 피를 돌이켜 생각한다. 슬픈 일 원한의 정을 죄다 토해 쏟아내야 할 것이니 지금의 비바람이 뒷날 무지개가 되리라.(篇篇可撫鬢毛白, 字字追懷心血紅. 須把哀怨全吐瀉, 卽今風雨後成虹.)

祝蘇軾詩社二十周年 축소식시사이십주년

每週讀會一千回	매주독회일천회
笠屐蘇仙亦伴來	입극소선역반래
夜雨對床情滿樂	야우대상정만락
雪泥鴻爪意沖哀	설니홍조의충애
可憐顧己栽桑棗	가련고기재상조
感歎匡民掘炭煤	감탄광민굴탄매
羈宦惠儋眞遠路	기환혜담진원로
同行踏實復諧詼	동행답실부해회

(2018년 3월 29일)

류종목 선생님이 이끄시는 소식시사가 이십 주년을 맞이했다. 소식의 시를 완독하는 모임이다. 나도 2009년부터 참여했다. 요즘은 강의 때문에 방학 때만 참여하고 있다. 앞으로 15년은 더 해야 완독을 할 수 있다. 부디 건강하셔서 순조롭게 마무리하시기를 바란다.

소식시사 이십 주년을 축하하며

매주 모여 시를 읽었으니
그 모임이 이미 일천 번,
삿갓 쓰고 나막신 신은 신선 소식
또한 와서 함께 했지.

밤비에 침대 마주했던 형제
그 정에는 즐거움이 가득했고
진흙 눈에 어지러운 기러기 발자국
그 뜻에는 슬픔이 솟구쳤지.
자신을 돌보며 심은 뽕나무 대추나무
그 생활을 가련해 했고
백성을 구제하며 캔 석탄
그 지혜에 감탄했지.

지방 관직, 혜주, 담주
앞으로 정말로 먼 길인데
같이 가는 이들 착실하니
또 우스갯소리를 하겠지.

〈신축년 11월 19일 이미 동생 소철과 정주 서문 밖에서 헤어진 뒤 말 위에서 시를 한 편 읊어 부치다(辛丑十一月十九日既與子由別於鄭州西門之外馬上賦詩一篇寄之)〉: 차가운 등 아래 서로 마주 앉았던 옛날을 기억하노니, 언제나 밤비 속에 바람 부는 소리를 들을까?(寒燈相對記疇昔, 夜雨何時聽蕭瑟.)

〈동생 소철이 지은 '면지에서 옛 일을 회상하다' 시에 화답하다(和子由澠池懷舊)〉: 인생은 도처에서 무엇과 같은지 아는가? 마땅히 날아가는 기러기가 눈 녹은 진흙을 밟는 것과 같지. 진흙 위에 우연히 발자국을 남겼는데 기러기가 날아갈 때 어찌 동서를 생각했겠는가?(人生到處知何似, 應似飛鴻踏雪泥. 泥上偶然留指爪, 鴻飛那復計東西.)

〈동파 8수(東坡 八首)〉 제2수: 아래 진펄에는 메벼와 찰벼를 심고 동쪽 평지에는 대추와 밤을 심었다. 강남에 사는 촉 땅 선비가 뽕나무와 과실나무를 주기로 이미 허락했다.(下隰種粳稌, 東原蒔棗栗. 江南有蜀士, 桑果已許乞.)

〈석탄(石炭)〉: 그대는 보지 못했는가? 작년 눈비 속에 행인 발길 끊겼을 때, 성 안의 백성들이 바람에 정강이가 터졌고, 젖은 장작 반 묶음 때고 이불을 안고 자는데, 해 저물어 문 두들겨도 땔감 바꿀 데가 없었던 것을. 어찌 생각했으리오, 산속에 보물이 있어 수북이 쌓인 검은 돌 같은 만 수레의 숯이 있을 줄을. 기름이 흐르고 진액이 솟아도 아는 이가 없이, 계속 부는 비린 바람에 저절로 불려 흩어졌는데, 광맥이 한 번 나오자 끝도 없이 많아서, 만 사람

이 북치고 춤추고 천 사람이 구경했지.(君不見前年雨雪行人斷,
城中居民風裂骭. 濕薪半束抱衾裯, 日暮敲門無處換. 豈料山中
有遺寶, 磊落如磐萬車炭. 流膏迸液無人知, 陣陣腥風自吹散. 根
苗一發浩無際, 萬人鼓舞千人看.)

同鐵鋼製鍊研究室同學遊覽光陽

동철강제련연구실동학유람광양

陶冶研究輒伺晨	도야연구첩사신
喜哀怒樂送靑春	희애노락송청춘
各施才力成專業	각시재력성전업
盡致功勞報國民	진치공로보국민
久別歡談眞溢氣	구별환담진일기
深情相祝屢傾醇	심정상축루경순
鐵鋼本是强無敵	철강본시강무적
豈絶同師永遠親	기절동사영원친

(2017년 11월 24일)

옛날 내가 다니던 금속공학과 대학원 실험실의 이름이 철강제련실
이다. 선광실이라고도 불렀다. 지도교수이신 김연식 선생님은 진
작 정년퇴임하셨고 곧 미수米壽가 되신다. 매년 선후배들이 모여
서 선생님을 찾아뵙기도 하고 등산모임도 자주 했다. 이번에는 광
양의 여러 선배님들이 초청해서 1박 2일간 잘 먹고 즐겁게 놀았다.
특히 최주 선배님은 최근 산업통상자원부에서 주는 기술자상을 받
았다. 즐거운 날 시가 빠질 수 없어 같이 읽으며 한바탕 웃었다.

철광제련연구실의 선후배들과 함께 광양을 노닐다

학문 도야하고 연구하며
매번 밤을 새고 새벽을 기다렸으니
희노애락을 같이 하며
청춘을 보냈지.

재주와 힘을 각자 펼쳐
전문 영역의 업적을 이루었고
공로를 모두 일구어
나라와 백성에게 보답한다.
오래 헤어졌다 즐겁게 얘기하니
진정 기운이 넘치고
깊은 정으로 서로 축원하며
좋은 술을 자주 기울인다.

철강은 본래
단단하기가 무적이니
한 스승 아래의 영원한 정
어찌 끊어지겠는가?

慕先父 모선부

小時從沐浴	소시종목욕
强洗擁寬懷	강세옹관회
年老難行步	년로난행보
惟歡浸槁骸	유환침고해
全身除膩垢	전신제니후
大笑善談諧	대소선담해
天水應淸淨	천수응청정
冥魂豈不佳	명혼기불가

(2017년 9월 28일)

아버지에 대한 기억은 그다지 많지 않다. 어릴 때 눈이 많이 온 겨울 아침 아버지랑 목욕탕에 가면서 커다란 눈사람을 본 기억이 가장 또렷하다. 목욕탕에서는 땀을 뻘뻘 흘리시며 우리 형제를 씻겨주신 뒤에야 또 당신 몸도 씻으셨다. 후에 지병으로 집에만 계실 때는 내가 매주 씻어드렸다. 평소 한마디도 안하시는 분이 목욕만 하면 그렇게 좋아하시며 옛날 어릴 적 이야기를 해주셨다. 아직도 '목욕하자'는 말씀이 들리는 것 같다.

돌아가신 아버지를 추모하다

어릴 적에 손잡고
목욕하러 따라갔을 때
넓은 가슴으로 안아서
억지로 씻어 주셨지.

연세가 드시고
거동이 어려워지시고는
그저 마른 몸을
물에 담그는 것만 좋아하셨지.
내가 온 몸을
깨끗이 씻어드리면
크게 웃으며
우스갯소리도 잘하셨는데.

하늘의 물은
응당 맑고 깨끗할 터이니
돌아가신 영혼이
어찌 좋아하지 않겠는가?

季指脫骨暫休讀書 계지탈골잠휴독서

飛觴貪興趣	비상탐흥취
過欲骨齬齟	과욕골어저
强罷看書業	강파간서업
偶遭冥想居	우조명상거
臥安淸外貌	와안청외모
坐定養中虛	좌정양중허
回復心身潔	회복심신결
簡編再可舒	간편재가서

(2017년 6월 30일)

새끼손가락이 탈골되어 잠시 독서를 쉬다

술잔 날리며
흥취를 탐내다가
욕심이 넘쳐
뼈가 어긋났기에,
독서는 억지로 그만두고
명상을 우연히 하게 됐다.

편안히 누워
외모를 맑게 하고
가만히 앉아
마음을 수양하여,
몸과 마음을
깨끗이 회복하면
서적을 다시
펼칠 수 있으리라.

寒夜時局有感 한야시국유감

寒風漸猛烈	한풍점맹렬
落葉草木疏	낙엽초목소
孟冬夜深暗	맹동야심암
孤燈衾不舒	고등금불서
世事甚混亂	세사심혼란
豈我獨安居	기아독안거
賤婆橫國政	천파횡국정
無量私財儲	무량사재저
其女弄教權	기녀롱교권
嘲笑傲慢餘	조소오만여
侍官忽當務	시관홀당무
尸位不牽裾	시위불견거
財閥乘機騰	재벌승기등
黎民錢囊虛	여민전낭허
開城路不通	개성로불통
南北志齟齬	남북지저어
文藝失規範	문예실규범

獨斷亂場如	독단난장여
一時露眞相	일시로진상
傾國滿怒噓	경국만노허
工人停器械	공인정기계
農民釋耰耡	농민석우서
主婦出廚房	주부출주방
學徒掩冊書	학도엄책서
千萬專同心	천만전동심
吶喊逐元渠	납함축원거
小燭成大炬	소촉성대거
蘖椿淸拔除	얼장청발제
與此酷寒退	여차혹한퇴
高臥眞安徐	고와진안서
永夜變平明	영야변평명
心身新若初	심신신약초

(2016년 11월 26일)

1987년 6월 이후 또 다시 역사에 남을 일이 진행되고 있다. 민중의 힘은 위대하다.

추운 밤 시국에 대한 감회가 있어

차가운 바람 점점 맹렬해지니
낙엽 떨어져 초목이 성기구나.
초겨울 밤 깊고 어두운데
외로운 등불 아래 이불을 펼 수 없으니,
세상 일이 심히 어지러워
어찌 나만 홀로 편안히 있으랴.

비천한 할미가 국정을 마음대로 하여
헤아릴 수 없이 사사로운 재산을 쌓고,
그 딸은 교권을 희롱하여
조소하며 오만하기 그지없네.
보좌관은 맡은 임무를 소홀히 하며
자리만 차지하여 간언하지 않고,
재벌은 기회를 타고 날뛰니
백성들 돈 주머니는 비었네.
개성공단 가는 길이 통하지 않아
남북의 뜻은 어그러졌고,
문예계는 규범을 잃어
독단하니 난장판과 같구나.

일시에 진상이 드러나니
온 나라에 분노와 한숨이 가득하네.
노동자는 기계를 멈추고
농민은 농기구를 놓았으며,
주부는 주방을 나오고
학생은 책을 덮었네.
천만인이 오로지 한마음으로
수괴를 몰아내자 높이 소리치니,
작은 촛불이 큰 횃불을 이루어
움과 그루터기를 말끔히 뽑아 없애리.

이와 함께 혹한이 물러나면
높이 누워서 진정 편히 지낼 터이고,
긴 밤이 날 밝은 새벽으로 바뀌면
마음과 몸이 처음처럼 새로워지리라.

願綱常回復經濟復興_{원강상회복경제부흥}

靑丘歷史實悠長　　청구력사실유장

優秀文明最亮光　　우수문명최량광

官政平章公道嚴　　관정평장공도엄

民心淳朴世情良　　민심순박세정량

綱常確立規程正　　강상확립규정정

禮義修行敎化昌　　례의수행교화창

經濟中興吾國願　　경제중흥오국원

和諧一致不遺忘　　화해일치불유망

(2016년 10월 16일)

서울시 역사문화재단에서 개최한 조선시대 과거제 재현 행사에
참여했다. 유건을 쓰고 도포를 입고 경희궁 마당에 앉아서 한시를
짓게 되었다. 비록 수상은 하지 못했지만 색다른 경험이었다. 궁
궐 마당 한 가운데 앉아서 바라본 궁궐과 뒷산의 경관이 운치를
더해주었다.

기강이 회복되어 경제가 부흥하기를 바라다

청구의 역사는
실로 오래되었고
우수한 문명은
가장 환히 빛났지.

관청의 정치는
공평하여 규범 엄정하고
민간의 마음은
순박하여 인정이 좋으니,
경상을 확립하면
규범이 올바르게 바뀌고
예의를 수행하면
교화가 성대해질 것이다.

경제의 중흥은
온 나라의 바람이니
함께 일치하여
잊지 말아야 한다.

讀書 독서

昔時多書讀	석시다서독
隨手若貪饞	수수약탐참
無論何種書	무론하종서
一執必欲咸	일집필욕함
每看滿書架	매간만서가
氣勢躍巉巉	기세약참참
今來猶近冊	금래유근책
狹隘如撙銜	협애여준함
惟是關心事	유시관심사
纔顧辨甘鹹	재고변감함
雖耗時與力	수모시여력
難期聰氣攙	난기총기참
修養漸荒廢	수양점황폐
誇智却諵諵	과지각남남
知恥求本志	지치구본지
須將枡椿芟	수장얼장삼
然後强豊本	연후강풍본
繁英盡至誠	번영진지함

(2016년 3월 25일)

독서

예전에 많은 책을 읽을 때는
걸신들린 듯 손 가는 대로 읽어,
어떤 분류인지 막론하고
한번 잡으면 다 읽어야 했으니,
매번 가득 찬 책꽂이를 볼 때마다
기세가 높이 뛰어 올랐지.

지금도 여전히 책을 가까이 하지만
재갈 물린 듯 범위가 협소해져,
오직 관심이 있을 것에만
겨우 고개 돌려 단맛 짠맛을 구분하니,
비록 시간과 힘을 들이더라도
총기가 날카로워짐을 기대하기 어렵지.
수양은 점차 황폐해져도
도리어 지혜 자랑하며 말은 많아지니,
부끄러움을 알고 본래의 뜻을 구해
그루터기와 움을 베어버려야 하리라.
그런 다음 풍성한 뿌리를 강하게 하면
지극한 정성을 다해 많은 꽃을 피우리.

歲暮在南非共兄家 세모재남비공형가

一年忙萬事	일년망만사
歲暮纔放任	세모재방임
烤肉青天下	고육청천하
釣魚廣海臨	조어광해림
打球親骨樂	타구친골락
談笑族情深	담소족정심
但恨團圓缺	단한단원결
可憐孤母心	가련고모심

(2015년 12월 23일)

겨울방학을 틈타 남아공에 있는 형님네 가족을 찾아갔다. 바닷가 집에서 이국적인 풍경 속에서 여러 날을 보냈다. 그동안 그다지 가깝게 지내지 못했기에 더 즐겁고 뜻깊은 시간이 되지 않았나 생각한다. 어머니도 같이 있었으면 더 좋았을 것을.

남아공 형님 집에서 세모를 보내며

일 년 동안 만사 바쁘다가
세모에 겨우 일을 놓았네.

푸른 하늘 아래서 고기 굽고
넓은 바다 보면서 낚시질하네.
탁구 치며 혈육이 즐겁고
담소하며 가족의 정이 깊어가네.

가족이 다 모이지 못한 것이 한스러우니
불쌍하구나, 홀로 계신 어머니 마음.

祝韻山李永朱先生回甲宴

축운산이영주선생회갑연

尊師回甲滿芬芳	존사회갑만분방
晩會嘉賓慶賀行	만회가빈경하항
恭敬獻詩代玉管	공경헌시대옥관
眞誠致謝擧瑤觴	진성치사거요상
還聞嚴格從來敎	환문엄격종래교
亦覺慈詳近日量	역각자상근일량
但願南山靑柏壽	단원남산청백수
長看弟子壯飛揚	장간제자장비양

(2015년 4월 30일)

운산 이영주 선생님 회갑연을 축하하며

높으신 스승님 회갑일
꽃향기 사방 가득한데
저녁 잔치 훌륭한 손님들
축하드리러 줄을 이루었네.

공경스레 시를 올려
좋은 음악 대신하고
진솔한 감사의 말로
화려한 술잔을 드네.
여전히 예전 가르침
엄격함을 듣노라니
또다시 최근 헤아림
자상하심을 느끼네.

다만 원하는 건
남산의 푸른 측백나무처럼 장수하셔서
제자들 힘차게 비상하는 것
오랫동안 보시는 거라네.

與杜甫詩學習會員遊韻山李永朱先生唐津別墅 여두보시학습회원유운산이영주선생당진별서

同學功夫罷	동학공부파
乘閑合契筵	승한합계연
俊郎梅漿醉	준랑매장취
佳女榴顆娟	가녀류과연
楚漢雄才鬪	초한웅재투
詩宗雅品詮	시종아품전
心身滿精氣	심신만정기
勇進再書邊	용진재서변

(2015년 1월 29일)

두보 시 스터디 회원들과 운산 이영주 선생님
당진 별장을 노닐고

같이 공부하는 학우들
공부를 마치고는,
한가한 틈을 타
의기투합해 연회 열었네.

멋진 사내들은
매실주에 취하고
아름다운 여인들은
석류에 어여뻐지네.
초나라 한나라
씩씩한 재주를 다투다가
시의 조종 두보와 이백
고아한 품격을 비교하네.

몸과 마음이
원기로 가득해 졌으니
다시 용감하게
책 곁으로 나아가야지.

共感 공감

終롤披書卷	종구피서권
揚揚出校門	양양출교문
紫雲歸岫落	자운귀수락
白日爲峰呑	백일위봉탄
求票聽絲竹	구표청사죽
呼朋擧榼樽	호붕거합준
人生何事慮	인생하사려
淸濁得全渾	청탁득전혼

(2014년 9월 26일)

한국교육방송에 〈공감〉이라는 음악 프로그램이 있다. 2009년 서울에 올라온 뒤 거의 매일 방청권을 구해서 저녁마다 음악을 즐겼다. 때로는 친구나 동학들과 같이 가서 즐거운 시간을 보냈다. 메마른 객지 생활에서 단비와 같은 시간이다.

공감

온종일
책을 본 뒤
의기양양하게
학교 문을 나서는데,
자줏빛 구름은
산굴로 돌아가고
흰 태양은
봉우리가 삼키는구나.

방청권 구해서 음악도 듣고
친구 불러 술잔을 드니,
사람 살면서
무슨 일 근심하겠는가?
맑으나 탁하나
혼연함을 얻어야지.

閒步憶海外家兄 한보억해외가형

炎鬱稍摧爽快曛　　염울초최상쾌훈
幽庭信步避塵紛　　유정신보피진분
朗鳴蟋蟀交暄蟪　　랑명실솔교훤혜
淸射陽光逐積雲　　청사양광축적운
處暑已過千物熟　　처서이과천물숙
中秋方度萬人欣　　중추방도만인흔
團圓本是吾常願　　단원본시오상원
打電家兄近況聞　　타전가형근황문

(2014년 8월 29일)

한가로이 거닐다가 해외의 형을 생각하며

무더위 조금 가시고
날이 진 상쾌한 저녁
한갓진 정원 거닐며
번다한 일 피해본다.

낭랑하게 우는 귀뚜라미
요란한 매미와 교대했고
맑게 비치는 햇살
뭉게구름 쫓아냈네.
처서가 이미 지나
만물이 익어가니
추석이 곧 다가올 터
모든 이들 즐거우리.

온가족 단란한 일
본시 늘 원하는 것
형에게 전화해서
근황을 들어본다.

酒 주

杜康生汝甚悲悷　두강생여심비처

亂飮蒸民禮敎迷　란음증민례교미

呼客毁車何以看　호객훼거하이간

却賓探枕亦難提　각빈탐침역난제

倒顚劇醉賢人歎　도전극취현인탄

坦腹狂醺聖者啼　탄복광훈성자제

知己玄談希益趣　지기현담희익취

無妨且請兩杯齊　무방차청량배제

(2014년 6월 27일)

한나라 진준陳遵은 술을 좋아하여 자주 빈객을 불러 술을 마셨는데, 매번 문을 잠그고 수레 비녀장을 우물에 던져버려 급한 일이 있어도 못 가게 했다.

이백의 시에 "나는 취해 자려하니 그대 잠시 가게나(我醉欲眠卿且去)"라는 구가 있다.

유령劉伶은 항상 술을 마음대로 마셨는데, 때로는 벌거벗은 몸으로 지붕 위에 올라가곤 했다.

옛날에 금주령이 있을 때 사람들은 청주를 성인이라고 부르고 탁주를 현인이라고 불렀다.

술

두강이 널 만들고
얼마나 슬펐을까?
백성들 어지러이 마셔
예교가 흐트러졌으니.

어이 볼 것인가?
손님 불러다가 수레 망가뜨리는 걸.
또한 거론하기 힘들리라
손님 물리치며 베개 찾는 것.
머리 꼬꾸라지게 심히 취하니
현인이 탄식하고
배 드러내고 미친 듯 어지러우니
성인이 눈물 흘리리.

친구 만나 현담 할 때
흥취 더하고자 하여
잠시 청해 나란히 하는 두어 잔은
그래도 무방한 것이리라.

寄大學同期崔正奎 기대학동기최정규

凍土迎逢每醉舒 동토영봉매취서

熱邦移住少音書 열방이주소음서

偶聽道上歌野菊 우청도상가야국

忽想林中親木狙 홀상림중친목저

今日施醫匡黎勉 금일시의광려면

昔時講學愛民餘 석시강학애민여

詩文修習當如此 시문수습당여차

長久相交望起予 장구상교망기여

(2014년 5월 30일)

崔正奎者, 吾之首爾大學金屬工學同期也. 學部生時, 常閉門飮酒, 善彈吉他唱野菊之歌. 野菊是當時有名音樂小組也. 以後志於社會活動, 專念於冠岳夜學. 畢業以後, 渡俄羅斯莫斯科學齒醫學. 當時吾頻以出差業務至莫斯科, 每逢崔同期快樂飮酒遊覽. 取得齒醫資格以後至柬埔寨, 開齒科病院進行醫療奉仕活動.

최정규는 서울대학 금속공학 동기다. 학부생 때 늘 집에 틀어박혀 술을 마시곤 했는데, 특히 기타를 잘치고 들국화의 노래를 잘 불렀다. 들국화는 당시 유명한 밴드의 이름이다. 이후 사회활동에 뜻을 두고 관악 야학에 전념하였다. 졸업 후에 러시아 모스크바로 건너가 치의학을 배웠다. 나는 당시 출장일로 자주 모스크바에 갔는데, 매번 그와 만나 즐겁게 술 마시고 노닐었다. 그는 치과의사 자격증을 취득한 후 캄보디아로 가서 치과병원을 열고 의료봉사활동을 하고 있다.

대학 동기 최정규에게 부치다

추운 나라에서 만나
매번 취해 편했는데
더운 나라로 간 뒤엔
소식이 무척 뜸했네.

우연히 길에서 들국화의 노래를 들으니
홀연 밀림에서 원숭이 곁에 있을 이가 생각난다.
지금 의료 활동으로 백성 구제 힘쓰는 것은
예전 야학으로 민중 사랑 넘쳐서이지.

시문을 도야함도
마땅히 이와 같아야 하니
오래도록 교유하며
날 일으켜주길 바라네.

自學生會館望新築圖書館有感而作

자학생회관망신축도서관유감이작

冠岳神靈助學兒 관악신령조학아
英才傑士續連隨 영재걸사속련수
摩天礙日難通氣 마천애일난통기
以廈爲山豈不悲 이하위산기불비

(2014년 4월 20일)

기존의 도서관이 작다고 그 뒤로 큰 도서관을 짓고 있다. 예전에
학생회관에서 보면 관악산 정상이 보였는데, 지금은 보이질 않는
다. 관악산 곳곳에 건물이 새로 지어져 좁아지는데 게다가 거대한
건물도 제법 많다. 학교가 점점 답답해진다.

학생회관에서 신축도서관을 바라보고는 탄식하며 짓다

관악의 산신령이
학생들을 도우니
우수한 인재들이
계속해서 나왔지.

하늘 덮고 태양 가려서
기운 통하기 어려운데
건물로 산을 대신하니
어찌 슬퍼하지 않으리.

二二八大邱學生義擧 이이팔대구학생의거

獨裁暴擧民苦酸　독재포거민고산

高等學徒一體團　고등학도일체단

始勢雖微揚衆袂　시세수미양중메

終場已壯脫君冠　종장이장탈군관

軍兵插手應靡可　군병삽수응미가

檢警伸頭豈敢干　검경신두기감간

槿域怨聲高又險　근역원성고우험

不貞權座奈何安　부정권좌내하안

(2014년 2월 28일)

一九六零年正副統領選擧時, 自由黨恣行不正選擧. 二月二十八日有野黨副統領候補張勉大邱遊說, 雖是休日, 使全學生登校或施行野外活動, 不許參加遊說場. 因此學生拒否登校, 進出市內糾彈政權蠻行. 以後言論報道此事件, 全國示威連日擧行, 因發四一九革命.

1960년 정부통령 선거때 자유당이 부정선거를 자행했다. 2월 28일 야당 부통령 후보 조면이 대구에서 유세할 때 비록 휴일이었지

만 학생들을 전부 등교시키거나 야외 활동을 하도록 하여 유세장
에 참여하지 못하도록 하였다. 이에 학생들은 등교를 거부하고 시
내로 진출하여 정권의 만행을 규탄하였다. 이후 언론이 이 사건을
보도하자 전국에 시위가 연일 이어졌고 4.19혁명이 발발했다.
4.19이후에도 여전히 5.16, 5.18 등의 사건이 있었고 현재도 민주
주의는 계속 침해받고 있다.

228 대구 학생 의거

독재의 폭거에 백성들 괴로운데
고등학생들 한 몸으로 뭉쳤구나.

처음 기세는 미약했지만
많은 소매를 휘날렸기에
끝장에는 이미 성대해져
임금의 관을 벗겨내었네.
군대가 손을 대는 행동은
응당 해서는 안될 일이고
검경이 머리 내미는 짓을
어찌 감히 할 수 있겠는가?

무궁화 영토에

원망 소리 높고 험악하니
더러운 권좌가
어찌 안전하게 유지되랴?

作詩 작시

嚴師敎我作詩什 엄사교아작시습
平仄聲韻皆不習 평측성운개불습
咬爪搔頭無好句 교조소두무호구
僅塡空格還粗雜 근전공격환조잡

(2011년 9월 10일)

시를 짓다

선생님께서 나더러
시를 지으라시는데,
평측 압운 아무것도
공부하지 않았구나.

손톱 물어뜯고 머리 긁어도
좋은 구절은 없고
겨우 빈칸만 메워 지었지만
여전히 조잡할 뿐.

送杉山社員赴京都産業大學教授

송삼산사원부경도산업대학교수

紅顔束髮道袍全	홍안속발도포전
闊步校庭萬目牽	활보교정만목견
身是靑年彈樂古	신시청년탄악고
學雖白話賦詩淵	학수백화부시연
可憐夜燭孤杯擧	가련야촉고배거
將喜晨鐘衆筆專	장희신종중필전
春日櫻花飄滿地	춘일앵화표만지
吟風莫忘一枝傳	음풍막망일지전

(2014년 1월 24일)

스기야마 사원은 서울대 국문과 박사과정생이다. 일본사람이지만 머리를 길게 기르고 한복을 입고 다녔으며, 거문고를 배우고 한시를 잘 지었다.

스기야마 사원이 교토 산업대학교수로 부임하는 것을 보내며

붉은 얼굴 머리 묶은 채
긴 도포 갖춰 입고서
교정을 활보하니
모든 사람들 눈길 끌었지.

젊은 청년이지만
옛 음악을 연주하고
현대문법을 공부하지만
심연한 한시를 읊조렸네.
밤 촛불 아래
홀로 술 드는 것
애달파하였는데
새벽 종소리 속에
여러 학생 관장하는 것
장차 기뻐하겠지.

봄날 벚꽃
온 땅에 흩날릴 때
풍류를 읊어
한 가지 전해주시게.

乙未年光復節有感 을미년광복절유감

先烈鬪爭得快晴	선렬투쟁득쾌청
七旬慶節失光明	칠순경절실광명
北方侵奪南誇險	북방침탈남과험
民衆病羸宦計輕	민중병리환계경
誰欲眞情求解放	수욕진정구해방
吾哀假面倣經營	오애가면방경영
大韓獨立還遙遠	대한독립환요원
團結專心擊暴鯨	단결전심격포경

(2015년 8월 15일)

을미년 광복절 유감

선열의 투쟁으로 맑음을 얻었는데
70년 경축일에는 광명을 잃었구나.

북측의 침탈을 남측은 위험하다 과장하고
민중의 고통을 관리들은 가볍게 여기니,
진정으로 해방을 구하려 하는 자는 누구인가?
거짓 얼굴로 경영하는 척함을 나는 슬퍼한다.
대한 독립 아직 요원하니
단결하여 한마음으로
난폭한 고래를 쳐야하리.

休閑 휴한

每月同生活	매월동생활
精勤是慣規	정근시관규
週中常旺盛	주중상왕성
休日變昏疲	휴일변혼피
雖有餘閑隙	수유여한극
終無快樂資	종무쾌락자
吟詩強自足	음시강자족
興趣信難期	흥취신난기

(2013년 7월 26일)

여가생활

매월 똑같은 생활 속에서
부지런함이 몸에 배였지.
주중에는 늘 왕성하다가
휴일에는 파김치가 되지.

비록 한가로운 틈이 있더라도
끝내 즐겁게 노닐 바가 없기에,
시를 읊으며 억지로 자족해보지만
흥취는 진실로 기약하기 어렵다.

追慕松堂朴英先生 추모송당박영선생

文武兼揚出海東	문무겸양출해동
安民救國赤心同	안민구국적심동
倭侵三浦淸平績	왜침삼포청평적
衆困數鄕順治功	중곤수향순치공
山外前山通善德	산외전산통선덕
實中是實覺無空	실중시실각무공
諸賢效學當梁柱	제현효학당량주
眞道懸天永不窮	진도현천영불궁

(2013년 9월 27일)

서울 양천향교에서 한시 백일장을 개최하였는데 이영주 선생님께
서 심사위원으로 갔다 오셨다. 백일장의 시제가 바로 〈박영 선생
추모〉였다. 이에 우리 시회에서도 같은 시제로 한 번 지어보기로
했다. 덕분에 박영 선생에 대해 자세히 알게 되었다.

송당 박영 선생 추모시

문무를 함께 날려
해동에 빼어나니
나라와 백성 구한 붉은 마음
한결 같으셨네.

삼포의 왜구
말끔히 물리치시고
여러 고을의 백성
순조롭게 다스리셨지.
산 밖에 앞산 있다 하시며
지선至善과 명덕明德에 통하고
실질 가운데 실질 있다 하시며
무형無形과 공空을 깨치셨지.

여러 현인이 본받아 배워
동량이 되었으니
참된 그 도리는
하늘에 걸려 영원하시리.

경오년 삼포에 왜구가 침입했을 때 군대를 모집하여 토벌했는데, 공은 특별히 조방장助防將에 배수되어 창원에서 출병해 평정하였다.

황간현감黃澗縣監에 배수되어 삼년동안 정사를 돌보았고 강계도호부사江界都護府使에 배수되어 삼년동안 잘 다스렸다.

정붕鄭鵬과 박경朴耕이 선생을 찾아온 적이 있었다. 정붕이 냉산冷山을 가리키면서 묻기를, "산 밖에 무엇이 있는가?"라고 하니 선생은 대답하지 않았다. 후에 다시 "산 밖에 무엇이 있는지 그대는 아는가?"라고 물으니, 선생이 대답하기를, "산 밖에는 앞산이 있다."라고 하였다. 정붕은 흔연히 기뻐하였다.

그의 시 중에 "상이 있지만 목적이 있어 뭔가를 하는 것이 아니고 형상이 없어도 비어있는 것이 아니다. 실질 가운데에 실질이 있음을 알지만 공업 밖에서 공업을 찾지 말지어다.(有象非爲有, 無形不是空. 實中知是實, 功外莫尋功.)"라는 말이 있다.

선생의 문하에 이항李恒, 이황李滉, 박경朴璥, 박운朴雲, 김취성金就成, 신계성申季誠, 박소朴紹 등이 있다.

忙 망

衆生世事若車輪　중생세사약거륜
君獨緣何自在人　군독연하자재인
取看白鵝雖靜雅　취간백아수정아
不知兩足水中頻　부지량족수중빈

(2013년 11월 29일)

바쁨

"중생들 세상사
수레바퀴 같이 도는데
그대 유독 어찌
그렇게 유유자적한가?"

"보게나, 저 백조를
비록 조용하고 고아하지만
어이해 모르는가?
두 다리 물속에서 바쁜 것을."

晩學 만학

不惑何年過	불혹하년과
還來執筆抄	환래집필초
昔時專合鐵	석시전합철
今者讀離騷	금자독리소
同學精神炯	동학정신형
老師功力高	로사공력고
周圍如此好	주위여차호
才拙不避嘲	재졸불피조

(2012년 4월 8일)

늦게서야 배우다

불혹을 언제 지났는가?
아직도 붓을 쥐고 글 쓰고 있구나.
예전에는 금속공학을 익혔고
지금은 중국 시를 읽고 있지.

동학들은 정신이 맑고
선생님들은 실력이 뛰어나,
주위 환경이 이렇게 좋은데
재주가 졸렬해 조롱을 면치 못하네.

送別世態有感幷序 송별세태유감병서

我曾是一家會社之職員, 當時移職者甚多, 社內同僚每設
送別宴, 愉快飲酒至中夜, 然而毫無惜別哀惜之感. 今日
因月課題, 忽憶當時世態, 爲題一絶.

世俗交情薄	세속교정박
臨離沈鬱誰	림리침울수
傾杯只共樂	경배지공락
過夜難相思	과야난상사

(2012년 8월 31일)

송별의 세태에 대해 느낀 바가 있어 짓다 및 서문

내가 예전에 어떤 회사의 직원으로 있었는데 당시 이직자가 매우 많았다. 회사의 동료들이 매번 송별연을 열었는데 한밤중까지 유쾌하게 술을 마셨지만 이별을 애석해 하는 마음을 조금도 가지지 않았다. 오늘 자하시사의 제목을 보고는 홀연 당시의 세태가 기억나서 절구 한 수를 짓는다.

세속에 사귐의 정
각박해져 엷으니
이별할 때 누군들
침울해 답답할까?
단지 잔 기울이며
함께 즐거워할 뿐
이 밤 지나고 나면
그리워하지 않지.

感時書懷 감시서회

每接新聞感國衰	매접신문감국쇠
四年漫政逼民疲	사년만정핍민피
江流只直猶生難	강류지직유생난
時曲時迴要待馳	시곡시회요대치

(2012년 2월 21일)

우리나라는 산이 많기 때문에 강이 원래 구불구불하다. 몇 만년동안 그렇게 흘러온 강이다. 그렇게 구불구불 흘러서 결국은 큰 바다로 나아간다. 민주화의 과정도 그러할 것 같다. 많은 우여곡절을 겪다보면 언젠가는 좋은 세상이 될 것이다. 지금은 힘들지만 참으며 계속 노력해야 할 것이다.

시절을 한탄하며 속마음을 쓰다

매번 새 소식을 접할 때면
나라가 쇠락함을 느끼는데
사년 동안 맘대로 정치해서
백성들을 지치게 하였구나.

강이 곧바르게만 흐르면
오히려 어려움이 생기니
구불구불 휘감아 돌다가
치달릴 때를 기다려야지.

奉祝韻山李永朱先生丙戌集以後四年出刊漢詩集兩卷

봉축운산이영주선생병술집이후사년출간한시집량권

初讀先生作	초독선생작
古人復活驚	고인부활경
以來常苦歎	이래상고탄
總是不佳鳴	총시불가명
四歲盡煩惱	사세진번뇌
雙書結玉聲	쌍서결옥성
希長懷夢筆	희장회몽필
積韻動霄崢	적운동소쟁

(2011년 5월 31일)

'몽필'은 꿈속에서 받은 붓이란 뜻으로 시문이 출중해진다고 한다.
마지막 구는 선생님의 아호인 '운산韻山'을 표현한 것이다.

운산 이영주 선생님께서 《병술집》 이후 4년 만에 창작한 시집 2권을 출간하신 것을 받들어 축하드리며

처음 선생님 작품을 읽었을 때
옛 시인이 다시 살아온 양 놀랐습니다.
그 이후로 항상 괴롭게 탄식하시길
"도무지 아름다운 울림이 나지 않는다."

사년 동안 고뇌의 시간을 다하시어
두 권의 옥성을 맺으셨습니다.
부디 오래도록 몽필을 간직하시어
시를 쌓아 하늘 높은 산을 뒤흔드시기를.

贈學內淸掃職員諸位 증학내청소직원제위

每朝上學見驚奇	매조상학견경기
途上無汚功在誰	도상무오공재수
白雪黑埃淸廣地	백설흑애청광지
紅花黃葉淨多墀	홍화황엽정다지
堅持終歲眞辛苦	견지종세진신고
感謝須臾豈徙迆	감사수유기사이
最近傳聞報酬薄	최근전문보수박
或將罷業亦參隨	혹장파업역참수

(2011년 5월 19일)

아침에 연구실에 가면서 가장 먼저 만나는 사람이 바로 청소 아줌마들이다. 힘든 노동 속에서도 웃음을 잃지 않고 인사하시는 모습에서 많은 것을 느낀다. 요즘 타 학교에서는 청소 노동자들의 처우 개선을 위해 몸살을 앓고 있다. 이분들의 노동도 정당한 대가를 받아야 한다.

학내 청소부 여러분들께 드리다

매일 아침 학교 올 때
놀라운 경관 보는데
길 위가 말끔한 것은
과연 누구 덕분인가?

하얀 눈과 시커먼 먼지
너른 땅에 하나도 없고
붉은 꽃잎과 누런 낙엽
많은 계단에 말끔하다.
일 년 내내 열심이시라
정말로 힘드실 터인데
잠깐 감사인사 드림에
어찌 머뭇거리겠는가?

최근 듣자하니
월급이 적다는데
혹시 장차 파업하시면
저도 지지하겠습니다.

省母 성모

慈堂居老獨	자당거로독
省顧頻回家	성고빈회가
飜土栽新樹	번토재신수
補身摘嫩芽	보신적눈아
平明散步快	평명산보쾌
晚上烹鷄嘉	만상팽계가
恐渴歸京路	공갈귀경로
裹中置片瓜	과리치편과

(2011년 4월 26일)

서울에 온 뒤 3, 4주마다 한 번 어머니를 뵈러 고향 집으로 간다. 이번에는 봄이라 근처 공원을 같이 산책하면서 뽕나무 순을 따 가지고 왔다. 어머니도 아들이 와서 반가우시겠지만 나도 항상 맛있는 음식도 먹고 즐거운 시간을 보낸다.

어머니를 뵈러 가다

어머니 늙고 외로우시니
살피러 자주 집에 가네.

흙을 뒤집어서
새 나무를 심고
몸에 좋은 것이라고
여린 싹을 따시네.
새벽에 산책하니 상쾌하고
저녁에 닭을 먹으니 즐겁다.

서울로 돌아오는 길
목마를까 염려하시어
내 보따리에
오이 조각 넣어주시네.

건재한시집 《오리는 잘못이 없다》를 읽고서

이영주(서울대 중문과 교수)

건재가 한시를 짓기 시작한 것은 한동안 중단되었던 자하시
사紫霞詩社를 재차 열었던 2011년 가을 무렵이다. 자하시사
는 원래 여러 대학의 중문학 전공 교수들을 중심으로 결성되었
는데, 몇 년 지속하다가 사우들의 개인 사정으로 중단되었다.
그 후 아쉬우니 다시 하자는 제안이 있어 다시 열게 되었고,
서울대 강사와 대학원생을 주축으로 하였다.

당시 건재는 서울대 박사과정에 재학 중이면서 나에게 학위
논문을 지도받고 있었다. 그는 원래 서울대 공대에서 공학을
전공하였고 만학도로 다시 중문학을 전공하였기에 과연 한시
창작에 흥미를 가지고 열심히 할지는 솔직히 말해 의문스러웠
다. 하지만 예상 밖으로 그는 시사 모임에 단 한 차례도 빠지지
않았으며 매번 시를 지어왔다. 최근에는 내가 일이 있어 불참
하고 있는데, 그가 후배들과 함께 시사모임을 유지하고 있다.

나는 젊은 시절부터 한시를 좋아하여 중국의 유명한 시인들
의 시를 탐독하였다. 그런 과정에서 그냥 읽고 감상하는 것만
으로는 시를 제대로 이해하고 평가할 수 없다는 사실을 깨닫게
되었다. 대가大家니 명가名家니 하는 시인들의 경지를 알려

면 그들 집의 문 안으로 들어가서 그들과 같이 생활해야지, 담
장 밖에서 들여다보고만 있어서는 한계가 있다는 사실을 알게
된 것이다. 내 생각은 옳았다. 시를 짓느라고 궁리하는 동안에
절로 눈이 뜨여 명인의 시 한 구 한 글자 속에 담겨 있는 고심
참담의 설계를 이해하고 묘미를 맛보면서 일창삼탄一唱三歎
하게 되었다. 내 생각이 옳다고 확신한 뒤, 나는 학생들에게
사막 끝까지 가보지도 않은 사람이 사막에 대해 잘 아는 듯이
떠드는 꼴이 되고 싶지 않으면 직접 체험해봐야 한다고 권하였
다. 내 지도를 받는 학생은 마지못해 시사에 참석하지만 대개
얼마 못가서 중단하고 말았다. 늘 보는 것은 고려청자이고 조
선백자인데 자기 손으로 힘들게 빚은 것은 형편없는 질그릇이
라 안고수비眼高手卑의 심사를 견디지 못했기 때문이다.

  높은 곳에 매달려 있는 포도를 먹을 길이 없자 저 포도는
시고 맛이 없을 것이라고 자기합리화를 하는 여우처럼, 현대의
한국을 사는 사람이 한시를 지어서 뭐하느냐고 궤변을 늘어놓
는 이가 있다. 바쁜 시간에 그 많은 한시를 언제 다 읽느냐,
번역문을 통해 빨리 읽고 많이 읽는 편이 낫다는 주장을 펼치
기도 한다. 시는 언어 자체가 본질인데, 직접 한시를 짓기는커
녕 작품 분석도 번역문으로 하겠다니, 얼마나 터무니없는 생각
인가! 건재의 한시집을 읽어보니 그간의 숙련과정을 알 수 있
었다.

秋野

細雨含寒氣

蒼穹欲降霜

枝標柿唯赤

路側菊叢黃

廣野禾收罷

長畦蒜種忙

誰言秋寂寞

生命再加强

가을 들판

가랑비가

찬 기운을 품더니

푸른 하늘에

서리가 내릴 듯하다.

나무 끝에는

감이 홀로 붉고

길옆에는

국화가 무리지어 누러네.

너른 들에

추수가 끝났지만

긴 이랑에는

마늘 심느라 바쁘구나.

누가 말하는가?
가을이 적막하다고.
생명이 또 다시
강해지려하는데.

    작시를 시작한지 일 년 정도의 기간이 지난 2012년 10월에
지은 시이다. 수련에서 가을임을 말한 뒤 함련에서 가을의 정
취를 느끼게 해주는 나무 끝의 감과 길가의 국화를 묘사하면서
붉은 빛과 누런 빛의 색감을 대비하여 그림 같은 이미지를 만
들어내었다. 경련에서는 시제詩題에 나오는 가을 들판으로 시
선을 옮기면서, 수확이 끝난 벼와 새로 심은 마늘로 소멸과 생
성이 연속되는 자연의 대사代謝를 말하였다. 미련은 이 시의
주지인데 어떤 때에도 생성은 계속되니 가을이라고 쓸쓸하게
생각하지 말라는 뜻을 담고 있다. 일반적인 가을에 대한 생각
과 달라 이러한 결론이 돌출적으로 느껴질 수 있지만, 경련의
경물은 그 복선을 제공하고 있어 자연스럽게 시상이 연결된다.
그리고 미련은 차가운 비와 서리가 내릴 것 같은 가을 하늘로
숙살肅殺의 가을기운을 그린 수련과 상반되는 뜻으로 조응照
應한다. 기승전결의 흐름이 있고 수미상응하는 구조가 있으니,
이 시의 시상전개양상은 건재가 이미 한시 장법을 제대로 구사

하고 있음을 알려준다.

시작을 막 시작하던 시절 "평측과 압운을 아무 것도 공부하지 않아 손톱 물어뜯고 머리 긁어도 좋은 구절을 못 만들던(平仄聲韻皆不習, 咬爪搔頭無好句)"(〈作詩〉) 그가 〈青海〉에서 '刺眼'이라는 감각적인 표현으로 눈을 시리게 하는 바다 빛을 묘사하고 '中有一橫條'라는 표현으로 수평선을 멋들어지게 그려내었으니, 시심이 부족하다는 그의 자탄은 엄살일 뿐이다. 수사 기교도 세련되어졌으니 〈炎夏路中避雨〉의 함련과 경련인 "路上蒸烟發, 凝塵便遠輪. 心中歒熱散, 雜念乃淸無."에서는 격구대隔句對의 수법도 선보였다. 건재의 한시에는 따뜻한 마음씨가 배어 있다. 특히 자당에 대한 감정은 너무나 진지하여 읽던 중 나도 가슴이 뭉클하였다.

春暉
到底春何在
風寒却冷多
南行慈母省
處處感溫和

봄 햇살
도대체 봄은
어디 있는가?

바람 차가워
되레 더 춥다.

남쪽으로
어머니 뵈러 가는 길
곳곳에서
느끼는 온화한 기운.

봄이 왔지만 햇살이 차다. 그러나 어머니를 생각하며 가다
보니 따뜻한 기운이 절로 마음속을 채운다. 어머니의 정이 봄
날의 남은 한기를 없애준다고 했으니 그 정이 봄 햇살보다 더
따사롭다는 말이다. 시제가 당나라 시인 맹교孟郊의 명편인
〈길 떠나는 아들을 읊다遊子吟〉를 연상하게 한다. 맹교는 어
머니의 사랑을 봄날 햇볕 같다고 하였는데 건재는 봄날 햇볕보
다 더 따사롭다고 하였다. 맹교의 시에는 감정을 행위로 표현
하는 노련한 수법이 있어서 도리어 독자들이 읽자마자 이해하
지 못하는 폐단이 있지만 건재의 이 시는 표현이 간명하여 독
자의 마음에 바로 와닿는 감동이 크다. 선친을 그리워하며 쓴
〈慕先父〉 및 멀리 이국에 떨어져 사는 백씨伯氏에 대한 그리
움을 담은 몇 편의 시에서도 그의 가족애가 진하게 느껴진다.
과격하다고 느껴질 정도로 강한 비판의식을 보인 일련의 시들
역시 분명 대중에 대한 연민의 발로일 것이다.

봄 정취를 탐하다가 갑자기 개강이 걱정되고 그래서 오리 삶고 닭 튀겨서 몸보신하겠다고 하는 시(〈探春忽覺臨迫開講〉)를 보고 사우들 모두 그 생뚱맞음에 한바탕 포복절도하였고, 그 이야기가 두고두고 술자리의 안주가 된 적이 있었다. 앞으로는 건재의 빠른 진보 때문에 아쉽게도 그런 재미있는 시를 다시는 볼 기회가 없을 것 같다.

건재의 성품은 아주 건실하다. 허례허식을 지나치게 싫어하여 걱정스러울 정도이다. 작시 태도도 그러하여 직접 보고 겪은 일이 아니면 읊지 않는다. 무병신음無病呻吟하는 감정 표출이나 상상에 의한 과장된 표현은 거짓된 것이라고 꺼려한다. 이러한 시관詩觀 때문에 그의 시에는 부채 대신 에어컨이 등장하고 공기를 오염시키는 미세먼지와 원자로 폭발로 인한 낙진이 걱정거리가 된다. 고풍스러운 한시에 이런 내용을 담았으니 착상이 참신해서 좋고, 그가 서문에서 말한 '한시 창작이 현재진행형'임을 확신할 수 있어서 좋다. 단 이러한 작시 태도로 말미암아 그의 시는 주로 일상적인 생활상과 평상시의 예사로운 정서를 읊었기에 독자의 시선을 끄는 별난 그림이 적고 메시지도 강렬하지 못하다. 창작하는 마음은 자식을 낳고 기르는 심정과 같다. 한편으로는 그 자식이 나를 빼닮기를 바라면서도 또 한편으로는 나와 달리 훌륭한 면모를 갖추기를 바란다. 나와 다른 자식이 되기를 바라는 부모의 심정으로 시를 지어보라고 건재에게 권하고 싶다. 시를 자신의 반영물이라고만 생각하

지 말고 독립된 존재로 대우하여 가능한 훌륭하게 만들어야 한
다. 그러기 위해서는 겪지 못한 감정을 상상해보고 실제보다
과장된 표현도 꺼리지 말아야 한다. 연구실에 틀어박혀 만 권
의 책만 보지 말고 만 리 길을 다니면서 다양한 의경意境을
창출하면 향후 건재의 시에서 건재와 다른 면모를 보게 될 것
이다.

건재의 시집을 읽으면서 역문이 눈길을 끌었다. 우리 말 고
유의 절주를 살리기 위해 글자 수를 조절하면서도 문맥이 매끄
러워 번역문 자체도 시적이라고 느꼈다. 때로는 각 행의 글자
수를 동일하게 하였는데 역문에서도 한시의 방정한 모습을 보
는 듯하다. 번역에 공을 들인 이유는 분명 독자들이 쉽게 읽어
한시가 현대의 일반인에게 널리 보급되기를 원하는 그의 바람
때문일 것이다. 내가 바라는 일도 있다. 건재가 다채로운 맛을
담은 한시를 계속 지어 동학들의 반향을 얻고 그 덕에 한시
창작이 활성화되는 것이다. 그가 바라는 일과 내가 바라는 일
을 위해 그가 일신우일신日新又日新하기를 빈다.

| 지은이 소개 |

임도현

교훈이 "언제나 어디서나 양심과 정의와 사랑에 살자"인 어느 고등
학교를 졸업했다. 기술입국의 꿈을 안고 서울 공대에 입학하였지만
엄혹한 시대에 정의를 생각하며 고민의 나날을 보냈다. 졸업 후 기
업체 연구소에서 열심히 일하면서 나라를 위한 조그만 보탬이 되고
자 하였다. 성과가 있었다고 생각했던지 직장을 그만두고는 중국어
를 배우겠다고 수능에 응시하여 중문학과에 들어갔다. 중국 난카이
대학에서 1년 동안 수학도 했다. 중국 여기저기 여행도 많이 했으며
특히 운남과 티벳 경계에 있는 메이리설산의 열흘을 기억 속에 고이
간직하고 있다. 이백의 시로 박사학위를 받았으며 이백, 두보, 한유
등의 시를 열심히 읽고 있다. 여태까지 성과를 이루게 한 사회의
배려에 감사하며 그 성과를 다시 사회에 환원하기 위한 한시 대중화
방안을 모색하고 있다. 그리고 인생의 제3막이 어떻게 전개될지 궁
금해 하고 있다.

건재 한시집健齋漢詩集

오리는 잘못이 없다

초판 인쇄   2019년   6월   7일
초판 발행   2019년   6월   14일

지 은 이 | 임 도 현
펴 낸 이 | 하 운 근
펴 낸 곳 | 學古房

주   소 | 경기도 고양시 덕양구 통일로 140 삼송테크노밸리 A동 B224
전   화 | (02)353-9908   편집부(02)356-9903
팩   스 | (02)6959-8234
홈페이지 | http://hakgobang.co.kr/
전자우편 | hakgobang@naver.com, hakgobang@chol.com
등록번호 | 제311-1994-000001호

ISBN   978-89-6071-880-7   03800

값 : 10,000원